異世界で
JN002921
するためにがんばってます。11
向日葵
ill.雀葵蘭

「優しき夜に安らぎを」
——グルルルゥ。
陸星
ネマから名を授けられた
コボルト
ネフェルティマ・オスフェ(ネマ)
転生してきた少女
人間以外の生物に好かれる能力を持つ

カイディーテ
聖獣の地虎

ふぉぉぉ!!
かっこいい!!

セリューノス・ラウ・ライナス
ライナス帝国の皇帝陛下

「我がライナス帝国はドワーフ族の野鍛冶流と協約を結び、我が国で彼らを保護する！」

や、やられたー!!

「ラグヴィズ、この子はスライムの白よ。
こう、ぐにぐにしてみて」
ラグヴィズ
ドワーフ族野《の》鍛《か》冶《じ》流《ながれ》の長
白
ネマから名を
授けられた
スライム

異世界で
もふもふ
なでなで
するためにがんばってます。11
向日葵　ill.雀葵蘭

《目次》

1 父親の苦悩を娘は知らない。 視点：デールラント

ガシェ王国の国主であるガルディー・ラス・ガシェ国王陛下の執務室に大きなため息が響く。先ほどまで、机に置かれた書類の文字を追っていた目線も私に向けられていた。

「何か？」

「セルリアが忙しくて構ってくれないからといって、私に八つ当たりするのはどうかと思うのだが？」

手に持った書類を見せつけるように振り、それを差し戻しの箱に放る。

「おや、お気づきでしたか」

「さすがにこれだけの量があれば、馬鹿でもわかる。サンラスの承認を得ていない予算案など、ただの紙くずだ」

その紙くずを一生懸命作成した者がいるというのに、酷《ひど》い言い草だな。

「こういった不備を先に見つけるのがお前の仕事ではなかったかな？」

「私の仕事は陛下に仕事をさせることです。なんでも署名してしまう傀儡《かいらい》の王など不要ですから」

私の不敬な言葉にも、陛下はお前なぁと呆《あき》れた表情をされるだけ。

「ライナス帝国のアーマノスと思しき人物がセルリアと接触したとあったが、それに関係してい

るのか？」

アーマノスはライナス帝国の皇帝直属の組織で、貴族や官吏の不正を調べる調査官だ。

私の方ではアーマノスだという確証は得られず、セルリアに接触した理由もわかっていない。

おそらく、セルリアは接触してきた者と何かしらの契約を交わしたのだろう。他言できないことは理解できるが、内容の手がかりすらくれないのは夫として淋しく思う。

少ない情報から彼女の専門に関わるものだと察するも、些細《ささい》な相談さえしてくれないのは自分が頼りないからではと、よくない方に考えてしまうのだ。

それにしても、思っていたより陛下が情報を得るのが早い。掴《つか》んだのは情報部隊かそれとも陛下の影か……。

「えぇ、娘たちを通じて接触してきたようです。内容は言えないとのことでしたが、事の発端がネマとだけ。確認が必要でしたら、陛下の方からあちらへ問い合わせてください」

売国行為を行っているわけではないので、どれだけ探られても痛くはない。

アーマノスが動いたということはライナス帝国の皇帝陛下の指示によるもので、目的はセルリアの魔法並び魔道具の知識だろう。

セルリアがまったく何も言えないということは、持ち込まれた案件に問題があるということ。

それは、知られるとライナス帝国の利益を損じる可能性がある、もしくはその問題を犯罪など悪しきことに利用しようとする者に知られたくないかのどちらか。

どちらにせよ、ネマが関わっている以上、うちの陛下が尋ねればあちらは答えるだろう。それで私の娘たちが狙われたりでもしたら、国家間の争いにまで発展しかねないのだから。

「セルリアのことは疑っていないが、確認は必要だろうな」

「あと、いつも言っていますが、私の妻を呼び捨てするのはやめてください」

「妹も同然だし、そもそもデールより付き合いが長いのだぞ？」

　陛下とセルリアが、サザール老のもとで魔法を学んでいた時期が重なっていたのは知っている。

　私がセルリアを認識したのは、学院に入って二巡経ったくらいだったか。

　当時王太子だった陛下が、王立魔術研究所内に作らせた研究室に篭《こ》もり、公務に出てこないことがあった。

　学院が休みだったその日、陛下を迎えにいった私を研究室まで案内してくれたのが、セルリアだった。

　陛下は、公務どころか、研究に夢中になるあまり、食事や睡眠を疎《おろそ》かにしていたことが室内の様子から判明した。それを見たセルリアは、私の目の前で陛下を叱責《しっせき》したのだ。

　いくら妹弟子という親しみがあっても、一国の王太子に向けるにはどうかと思う嫌味も含まれていた。

　しかし、私は不敬だと彼女を止めるどころか、嫌味なのに上品さを失わない語彙《ごい》力と頭の回転速度、権力差に物怖《ものお》じしない胆力に惚《ほ》れた。一目惚れと言ってもいい。

　幼い頃より陛下の側にいた私だが、これまで学院内や夜会などでセルリアが陛下に近寄ってきたところを見たことがない。

妹弟子という、他の令嬢より圧倒的優位な立場にいながら、陛下の隣を望む素振りがまったくないのも好ましく感じた。

まぁ、あのときはすでに王妃様との婚約が決まっていたからかもしれないが、私にとっては僥《ぎょう》倖《こう》だったな。

「デール、顔がだらしなくて気持ち悪いから」

「失礼しました。セルリアと出会ったときのことを思い出しまして……」

「セルリアを追いかけるデールは面白かったな」

屈託なく笑う陛下に、私は余計なことを思い出すなと睨《にら》みつける。

まだ若かったし、すでに大人の女性として自立していたセルリアを振り向かせるためになり振り構っていられなかっただけだ。

「あぁ、そうだ。父上の子から連絡が来た」

「……それだと、先王陛下の隠し子のように聞こえますよ」

「似たようなものだ。子が親を思う思慕を利用して駒にしたのだからな」

先王陛下に先見の明があったのは確かだが、このような手段を用いるとは思ってもみなかった。

私がこのことを知ったのは、父親から宰相の地位を引き継いだときで、すでに陛下の駒もファーシア入りしていた。現在、その駒も至上派の中で少しずつ出世しているようだ。

「一部の信者が密かに集会を開いているらしい。警戒が強く、彼では探ることができないと言ってきたので、こちらで動くことにした」

ファーシアには、ネマが襲われた事件以降、我が国から多くの間諜《かんちょう》を放っている。

もちろん、情報部隊だけでなく、陛下の私兵である影や私の命を受けたオスフェの者。そして、ワイズ、ディルタ、ミューガも個々に間諜を送り込んでいるだろう。

「集会が開かれる場所は判明しているのですか？」

「明確な場所まではわからないが、ファーシアの端、ワイズ領に面する聖なる山が見えるどこかだろうと」

女神クレシオール様が降臨された聖なる山。

とある時代、各国に点在するだけだった創聖教は降臨という奇跡に集《つど》い、その山の中腹に大聖堂を建てた。それが宗教都市ファーシアの初まりとされる。

ガシェ王国とミルマ国に隣接しているファーシアだが、昔は聖なる山のみが独立自治領として承認されていた。

しかし、現在はその範囲も広がり、宿場町や信者たちが開拓した町が聖なる山を取り囲んでいる。

ワイズ領に近い場所なら、その昔、ガシェ王国が手放した土地だろう。ファーシアが発展した時代はまだガシェ王国もミルマ国も豊かではなく、いくばくかの土地を手放したという歴史があった。

「彼らの狂信的な行動を見るに、集まる場所にも何か理由があると思います。創造神または女神の逸話が残る場所を調べてみましょう」

大陸史に造詣《ぞうけい》の深い学者たちを王宮に呼び、遺物の調査と銘打って情報部隊の派遣をすることとなった。

差し戻しの書類を引き取り、自分の執務室にいた部下に渡し、私は急いで情報部隊への指示書を作成する。

粗方《あらかた》の手配を終えて屋敷に帰宅すると、マージェスが出迎えてくれた。だが、その表情が険しく、何かが起こったことを暗に示している。

「何があった？」

「パウルより、ネマお嬢様が出席された交遊会で毒が使用された事件が起きたと報告がありました」

「その言い方だと、ネマは無事で、狙われたのもネマではないということか？」

「ネマお嬢様はご無事です。誰が狙われたのかについては、確証が得られていない状況でございます」

マージェスの言葉を聞きながら、足早に執務室に向かう。パウルから、より詳細な報告が書かれた手紙が届いていた。

「だから私は反対したと言うのに……」

パウルからの報告を読み、怒りでその手紙を握り潰す。

いくら聖獣が多いと言っても、彼らは契約者以外には無関心だ。ある程度抑止力になるとはいえ、敵対勢力が武力行使におよばない限り、彼らは当てにならないだろう。

現に、毒というからめ手を使ってきた相手には反応していないではないか。

それに、何より一番恐れているのは、娘たちがライナス帝国の後継者争いに巻き込まれることだ。

あの国の継承権は複雑すぎる。

基本は聖獣と契約した直系の者であることと定められてはいるが、直系から契約者が出なかった場合のみ、聖獣の契約者を配偶者に迎えれば帝位に就ける。

先帝がご存命であることから、皇帝の兄弟と皇帝の子息たちがネマを手に入れることができれば、皇帝の座が一段と近づくわけだ。

現皇帝がエルフの先祖返りのため、在位も長くなるという噂もあるにはある。そうなると、いまだ聖獣と契約できていない各皇子とその陣営は炎竜殿と契約をしているネマを手に入れたいはず。

また、他の皇族と言えば現皇帝の兄弟がいるが、兄の方は結婚して子供もいる。弟の方は独身なので油断できない。皇帝が聖獣に守られているとはいえ、女神様のもとへ旅立たれない可能性はないわけではないからな。

ライナス帝国の長い歴史を掘り返せば、親子ほど歳が離れた後妻を迎えた例も出てくるに決まっている。

まぁ、玉座のために妻子を切り捨てるような男であれば、炎竜殿が消し炭にしてくれるだろうが。

あとは、現皇帝の在位が長くなった場合、今の皇子たちを飛ばして孫の代から選ばれることもあるかもしれない。孫の代を幼いうちに手懐けようと、貴族たちが裏で暗躍しまくるのが目に見えるな。

今は、聖獣と契約できなかったときのためにネマを懐柔《かいじゅう》しようとし、カーナにも接触してくるだろう。

私の娘たちが、それはもう喉から手が出るほど掌中《しょうちゅう》に納めたい存在であることは理解できるが、有象無象の虫どもに集《たか》られるのは許せない。

「マージェス、パウルの支援と宮殿に潜り込ませる人員を増やすように」

「増やすのは構いませんが、パウルが御しきるか問題です」

パウルには、宮殿に潜入した者たちだけでなく、帝都に散らばっている者たちの指揮も任せている。確かに、そろそろ補佐役を用意した方がいいか。

「パウルと相性がよくて、間諜たちを率いることができる者はいるか?」

「……体が空いている者の中にはおりませんので、少々配置換えをしてもよろしければ」

情報収集を目的とした間諜たちは、この大陸のあちらこちらに散らしている。今はファーシアとライナス帝国に多いが、国内でも活動させているし、イクゥ国や小国家群にも目を光らせている状況だ。

優秀な者ほど危険な場所に出向いているので、あまり配置換えは好ましくないが、指揮官同士の相性が悪いと必ず間違いが起きる。

「構わない。優先すべきは娘たちがつつがなく過ごせる環境を維持すること。それが難しければ、早急に報告するよう念を押しておけ」

「御意に」

ライナス帝国が安全でないとわかれば、娘たちを即座に帰国させる。

それから、私は思い立って用箋《ようせん》を取り出した。

そろそろ、あの方たちにも動いてもらうとしよう。

◆　◆　◆

ファーシアについて知るために集められた学者たちは、民話の一つを示してきた。

ワイズ領のある地方に伝わるものが、狂信者が集会をする場所の手がかりになるのではと言うのだ。

『その地に住まう人々は日々の恵みを神に感謝するため、祭殿にその恵みを捧げ、残ったものを分け合って暮らしていた。しかし、そんな風習もいつしか廃《すた》れ、その祭殿には人知れず魔のものが棲み着くようになった。

魔のものは神への信仰を忘れた者たちを魅了し、周りには気づかれぬよう喰《く》らっていった。

その地は時とともに人々に忘れさられたが、いまだその地方では闇夜の中で人が消えるという』

どこにでもありそうな、神への信仰を促し、闇夜の危険を警鐘《けいしょう》する内容だ。

『魔のものが魅了し』とあることから、まだこの大陸に魔族がいた時代の話だと思われる。

この伝承は、明かりの魔法を夜更けに使うな、夜に出歩くなという戒めとともに語られていたのだろう。獣や夜盗に見つかると集落も危険にさらされるから、破った者は死んでも知らないぞという警告だ。

その頃は、魔法も学問の形を成していなかった。小さな集落など閉鎖的な環境では、その集落のために魔法を使うべきという認識だったはず。

その実、魔法を使えない者や弱い者たちが、自分たちの都合のいいように力ある者を使うためのこじつけだったのではないかと思う。

幼少期の頃から寝物語として聞き、刷り込まれるわけだ。

貴族の場合は、ご先祖様の武勇伝や圧政を敷いた領主がたどる末路などの話を聞かされる。私は後者をよく聞かされていたな。

学者たちになぜこの民話を取り上げたのかを問うと、人が管理せずとも遺物が残っている可能性が高いからと返された。

学者曰《いわ》く、人がどんなに高度な魔法をかけても、補修をしなければ建築物はいつか壊れる。それなのに、今なお残っているとすれば、人以外の種族が何かを施したからだと言う。

例に挙げられた種族は、物作りに長《た》けたドワーフ族、人には成しえない高度な魔法を使う魔族だ。

エルフ族は摂理に反することを厭《いと》い、その土地を去るときに元の状態に戻すだろうと除外されていた。

この民話には『祭殿』と『魔のもの』という言葉が出てくるので、祭殿に使っていた建造物に魔族が手を加え、住み着いていたとも読み取れるそうだ。

ただ、その伝承は広く伝わっているため、場所の特定は難しいと、学者の一人が残念そうに告げる。

私はその学者の言葉を、現地に行って詳しく調べれば場所の特定も可能なのだと捉えた。

そこまで言うなら、学者たちにもうひと頑張りしてもらおうと、数名の学者をその地方に派遣した。

すると、件《くだん》の民話の派生のような伝承が残っており、中にはどこどこ村の誰々というふうに地名と身元がわかるものもあったと報告が入る。

その情報をもとに、さらに絞り込んだ一帯を情報部隊に探らせると、名前のない山の中腹に祭壇のようなものを発見した。

情報部隊のシーリオ隊長を現地入りさせたおかげもあるだろうが、早急に発見できたことに胸を撫で下ろす。

シーリオ隊長から送られてきた報告書には、祭壇と思われる建物の周辺で監視を行うと見つかる危険性が高いと書かれていた。

なので、私は陛下の承諾を取り、ヴィルヘルト殿下にご助力いただけるよう書状を送る。

契約者である殿下は高位の精霊をも使役することができるので、絶対に見つかりたくないときの監視を手伝ってもらうことがままあるのだ。

ネマの件もあって、殿下はいまだライナス帝国にいるが、殿下のお力をもってすれば問題ない。というか、私の娘たちと遊んでいるのだから、その分働け。

まぁ、ラース殿には申し訳ないと思うが。

ただ残念なことに、殿下が戻られるまで祭殿周辺には動きはなかった。

「先ほど、ゼルナン将軍が恐ろしい笑顔でどこかに向かっていたが、何かあったのか？」

ライナス帝国から戻られた殿下は、その間に溜まってしまった仕事を寝ずに片づけていたようだ。

「レスティン隊長が治療に前向きになるよう、説得されているようですよ」

殿下が持ち帰ったエルフの秘薬はすぐにオスフェ家に持ち込まれ、治癒術師のヴェルシアに託された。

レスティン隊長の治療はラルフに一任しており、ゴーシュにも協力を依頼したことは報告を受けている。

『ヴェルシアが言うには、薬を飲んでもすぐに治るものではないようです。最初は、やっぱり治らないのではと不安になることもあると思うので、ゴーシュじい様に励ましてもらえれば乗り越えられるのではと』

そう言っていたラルフだったが、かすかに悪戯《いたずら》めいた笑みを浮かべていたので、目的は励ましだけではないだろう。

「そうか……」

殿下は苦笑しているので、ゴーシュの励ましが過激なものだと思っているのかもしれない。

さすがのゴーシュも、怪我《けが》をして足が動かなくなった者に無茶はしないと思うが。

「それで、オスフェ公が見張れと言ってきた遺物を精霊に調べさせたが……」

殿下の報告によると、建造物が古すぎて詳細を知っている精霊がいないとのことだった。

精霊宮におわす、この大陸の精霊王様方にも聞いていただいたようだが、先々代の時代のことなのでわからないと言われたそうだ。

精霊たちにわかったことは、魔族の魔法がかかっているから壊すのは大変だということ。壊すことは考えていないので、はるか昔の建造物が残っている原因が判明しただけでも十分だ。

それに、内部の様子も特段変わったものはないらしい。精霊の主観なので当てにするなと殿下は言うが。

信者たちは人目につかず、ファーシアから行きやすいというだけで、その場所を選んだのだろうか？

「集会に潜り込ませる手はずは整ったのか？」

「もう少し時間はかかりそうですが、鍵となる人物に接触はできたそうです」

その接触方法がまたなんとも言えず……。情報部隊はこんなことばかりしているのかと、私でさえ読んだときに目を疑った報告書を殿下に渡した。

黙って目を通していた殿下だが、次第に口角が上がり始める。笑い出しそうになるのを堪えているようだ。

「これだけ俗っぽい方が嘘だと思われにくいのかもしれないな」

ルノハークに加担していた狂信者たちの言い分を参考に、人以外の種族を嫌忌《けんき》しているような言動を取り、集会を掌握している人物に近づく作戦だった。

それで成功したのは二人だけ。

一人は、もうすぐ結婚するはずだった恋人を獣人に奪われた男。

もう一人は、ライナス帝国の獣人貴族に奴隷として虐《しいた》げられ、逃げてきた女。

もちろん、すべて偽りで、物語のようにありふれた設定なのに、なぜか信じてもらえた。殿下の言う通り、俗っぽいのがよかったのだろう。

実際にそのような経験をした者がいるとは聞いたことないが、大陸中を探せばいるかもしれない。

「ここが重要な場所だった場合、どうするつもりだ？」

「どう重要なのかにもよりますけど、何もしませんよ。我々の目的は聖主の確保ですからね。奴が何者か判明するまでは、監視を徹底するくらいです」

末端を叩いたところで、大元を絶たなければ意味がない。

ネマに手を出したことを後悔させるために、じわじわと攻めてもいいが……。やはり、骨も残さず燃やし尽くした方が世のためだろう。

ルノハークの被害に遭ったのは我が国だけではないので、私刑ができないのは口惜《くちお》しいが。

「わかった。話は変わるが、またネマが何か企んでいるようだったぞ？」

今後の方針を承諾した殿下が、表情を少し和らげながら言った。

ほぉ、殿下。その話を今持ち出しますか。

私は殿下の肩に手を置き、笑みを浮かべて答える。

「ネマのお願いは、私がちゃぁぁぁんと聞いておりますので、心配はご無用ですよ」

「……いや、オスフェ公が知っているのなら問題はない」

ネマはうっかり、私へのお願いついでにラルフに対する私信もまとめて書いてしまったようで。

王宮のことは私へ送るのが一番早いのに、ラルフに送ってしまうなんて本当にうっかりさんだよねぇ。

数日後、手紙を出したあの方たちから返事が来た。

お一人は条件付きでこちらのお願いを聞いてくれると書いてあり、もうお一人は面会を承諾してくれた。

2 消えた種族がいるらしい。

ラース君とヴィが帰り、淋しくなった宮殿。

交遊会の事件も一応解決したみたいだし、マーリエも宮殿に遊びにこられるようになったはず。

そう思って、模様替えしたお部屋のお披露目も兼ねて、ダオとマーリエを招待しようかなと考えていたのに……。

「それでは、カーナお嬢様。くれぐれも夜更かしをされないように。徹夜など以《もっ》ての外《ほか》ですから」

私のお見送りにきてくれたお姉ちゃんに対して、パウルはしつこく釘を刺す。

「本当にパウルは心配性ね。わたくしは大丈夫よ。パウルの方こそ、しっかりネマを守ってちょうだい」

興味深い素材を見つけては、睡眠時間を削って実験に夢中になる姿を見れば、パウルの心配ももっともだ。

それに、お姉ちゃんは実験を失敗して屋敷の部屋を黒焦げにした前科持ちでもある。

鬼《パウル》のいぬ間にと、何かやらかしそうと疑われても仕方がないと思う。

そう。今日は、交遊会の前に約束していた陛下とお出かけの日だ。

陛下の予定が詰まっていることもあり、時短のためにユーシェとワイバーンで編成されたお空の旅となる。

　竜種は捕食者の頂点なので、獣人や小型の魔物たちは恐怖が勝《まさ》って近づけない。そのため、スピカの代わりにパウルが同行することになったのだ。

　同様にワイバーンが苦手な星伍と陸星は私が抱え、海《かい》が稲穂入りショルダーバッグを担当する。

「サチェは？　一緒じゃないの？」

　ユーシェがいるならサチェもいると思ったのか、海はサチェの姿を探している。

「ユーシェが行くからサチェはお留守番なの。帰ってきたら、サチェと遊ぼうね」

　サチェがいないとわかり、しょんぼりする海を慰めていると地面からカイディーテが現れた。

　私はお見送りにきてくれたのかなと思って周囲を見回すも、やはりサチェの姿はない。

　カイディーテはユーシェとお話ししているようなので、お見送りではなく用事があって来たみたい。

　聖獣同士でのお話が終わったのか、ユーシェが陛下に向かって一鳴きする。陛下はユーシェを撫でてからカイディーテに声をかけた。

「では、カイディーテ頼んだよ」

「ガウ」

　カイディーテに留守の間の護りをお願いしたのだろう。陛下がこうやってほいほいお出かけできるのも、複数の聖獣がいるおかげだし。

出発準備が整い、なぜか陛下によってユーシェの上に乗せられると、パウルから星伍と陸星を渡される。

「ネフェルティマ嬢を乗せられるから、ユーシェもご機嫌《きげん》だね」

ユーシェの尻尾は左右に揺れ、耳も小刻みに動き、鼻息も荒いことから、鼻歌でも歌っているのかもしれない。

ユーシェがご機嫌だと、陛下もご機嫌で、私を乗せるからとわざわざ鞍も新調したんだよと嬉しそうに言ってくる。前より座れる部分を少し大きくして、掴む部分もつけたのだと教えてくれた。

確かに、後ろに陛下が乗っても窮屈《きゅうくつ》じゃないし、取っ手があるのも嬉しい。しかし、星伍と陸星で両手が塞がっているため、掴まることができない。

「ネフェルティマ嬢、どちらかを預かろう」

お言葉に甘えて、星伍を陛下に預ける。陸星は私の股の間にお尻を置き、取っ手に両前脚をちょこんと乗せてた。

そして、背中に感じる肉球らしき感触。星伍が私の背中に前脚をつけて体を支えているのかもしれない。その姿が見られないのが残念だ。

みんなで元気よく出発すると、お空の上で陛下はいろいろなお話を聞かせてくれた。

ルイさんがダオくらいの年齢のときに、女装してお忍びで帝都を訪れた話には、つい笑ってしまった。

陛下の話術もあるけど、ルイさんがそんなときから変装を得意としていたと思うと我慢できなくて。

他にもルイさんの面白い話をねだったら、環境のせいもあってか聖獣にべったりくっついていたと陛下は語る。

サチェはよくルイさんを背中に乗せていたそうだが、カイディーテは軽くあしらっていたそう。それでもめげずにカイディーテに突っ込んでいくルイさんは大層可愛かったって。

「なんとうらやましい生活！」

私がルイさんを羨ましがると、陛下に笑われた。

「ネフェルティマ嬢も似たようなものだよ」

私からしてみれば、全然違うけどね！

聖獣の契約者を家族に持つルイさんは毎日会えるけど、私の場合はソルが北の山脈暮らしだし、ラース君はヴィの都合が合わなければ会えない。

王宮に遊びにいっても、ヴィが学院に行っていたらラース君もいないし。

転生する前にあんなにもふもふしたいってお願いしたのに、体が大きくてすべすべなソルと契約することになったのは、神様の陰謀だと思う。

うちのお屋敷に入るサイズだと、私が引き篭もって出てこなくなるとでも考えたのだろう。初対面で、そこまで勘違いするとは……酷い神様もいたもんだ。

「そういえば、ロスラン計画で何かあったのですか？」

「あぁ。あったと言うか、見つけたと言うか……。とにかく、一筋縄ではいかなそうだ」

はっきりとしない物言いから、陛下もその状況に困惑していることが窺《うかが》い知れる。

それに、何か事情がありそうなので、これ以上聞くのはやめた。

もうすぐロスラン計画の拠点が見えてくると言うので、下を凝視していたら、山道の中に町のようなものが見えてきた。

確実に前回来たときよりも広くなっているね。

その拠点の近くに、ぽっかり空いた何もない土地があって、みんなそこに降り立つ。

なんの用途の土地なのか質問すると、今は資材置き場として使っていて、後々馬車の駐車場にするんだとか。

資材置き場と言われれば、なるほど。確かに木材が隅っこに置いてある。

拠点の広場に向かうと、責任者であろう偉い人たちがずらりと並んでお出迎えしてくれた。

陛下が楽にしろと声をかけると、真ん中にいた人が歩み出てきた。

「陛下、お待ちしておりました」

おや、誰かと思ったらクレイさんではないか。

「クレイ、ご苦労だった。その後、様子に変わりはないか？」

「はい、ご報告した以降はまるで。できる限り手を尽くしたのですが……申し訳ございません」

うーん。先にクレイさんを送り込んだけど、状況は改善しなかったってことかな？

説明されていないので、まったく話が見えない。

「では、私とネフェルティマ嬢で森に向かう。クレイはこのまま、こちらで待機せよ」

クレイさんの『はっ！』ていう返事は格好いいんだけど、森ぃぃ⁇

森の中に入ることは端《はな》から決まっていたのか、私の後ろでは警衛隊の隊員たちが手際よく準備を進めている。

「お嬢様の分の荷物は我々が運びます」

パウル、お前も知っていたのか⁉

ぐりんっと首を回して後ろを見やれば、数人分の荷物の山を受け取っていた。

「カイ、載せるので、姿を変えてください」

「……その前に、お腹空いた」

そうだよね。長距離飛んだら、お腹も空くよね。

ふらふらとこちらにやってくる海を、私の方からぎゅーっとハグをする。

はぁぁぁ。同じシャンプー使っているのに、なんで私の髪は海みたいなツヤサラにならないんだ？

海のサラサラヘヤーを何度も梳《す》き、髪の毛が指の隙間からこぼれる感触を楽しむ。

海は私のもふもふ欲をもりもり食べているはずだけど、やっぱり私にはなんの変化もない。

「カイ、時間切れです。足りなければハクからもらいなさい」

いつもより長めにくっついていたら、パウルが海の首根っこを捕まえて引き剥がした。

まだ満足していないのか、海は珍しくしかめっ面をしているけど、パウルの言うことを聞いて馬の姿になる。

すると、ぴょーんっと白が海の頭に乗り、みゅっと一鳴き。どうやら、いっぱい召し上がれって言いたいようだ。

海も尻尾を揺らしてお礼を言う。

ふむふむ。仲良きことは美しきかな。

「白、ありがとう。海も大変だけどお願いね」

いい子いい子と白と海を撫でれば、白は照れたのかプルプルと震え始めた。

指でツンツンすると一段階激しく震えたので、調子に乗ってツンツンツンと三回突いてみる。

すると、ブブブブッとさらに激しく震えたではないか！

マナーモードのスマホの上にゼリーを落としたら、こんなふうになるんだろうなっていう動きだ。つい、お見事！　と拍手してしまう。

次は、一度だけツンとしてみると、最初のプルプルに戻った。

「ネマお嬢様、遊んでいないで行きますよ」

いつの間にか海の背中に荷物が括《くく》りつけられており、載せきれなかったものは森鬼が背負っていた。

そして、パウルの目配せを受けた森鬼がこちらにやってきて、私を抱きかかえる。

あ、私も荷物なんだね……。って思っちゃうでしょーが！

たぶん、大人の歩調についていくのは大変だからって理由のはず。

森に入るのは、私たちと陛下、陛下の警衛隊六名だけだった。

ワイバーンと騎手の隊員がお留守番なのはわかるけど、一国の主をこんな少数で出歩かせていいのだろうか？

まぁ、陛下自身がとても強いので、護衛なんぞいらんって言ったのかもしれないけどさ。

以前見た、大きな剣を背負っているので、敵襲があったら嬉々として振り回しそう。

木漏れ日が届かなくなりだし、少し薄暗くなってきた辺りで陛下が足を止める。

「カイディーテ」

こんな所でカイディーテの名前を呼んだことに首を傾げていたら、陛下の足下からカイディーテが出てきた。

地中から浮かび上がるように、音もなくスーッと。

「ここからはカイディーテの案内で進もう」

「カイディーテはどこに案内してくれるのですか？」

そもそも、カイディーテはお留守番ではなかったのか？　まさかの現地集合？

「あぁ、説明できなくて悪かったね。少しばかり、聞かれたくない内容が含まれているのだよ」

人が多い場所では口にできないから、このメンバーだけになるのを待っていたのか。それなら仕方ないね。

話がしやすいようにと、陛下は私をユーシェに乗せて自身も後ろに跨《またが》った。

「少し前から、ロスラン計画の塔に使うサンテートを盗まれることが続いてね。捜査しても犯人はわからず、警備を厳重にしてもいつの間にか盗まれる」

なんですと⁉　私と大工組合のヴォノック親方と鍛冶組合の長さんとで苦労して作ったサンテートが盗まれただと！

異世界の合金、サンテートで鉄骨を再現するのがどれだけ大変だったと思っているんだ‼

「エルフが調べてもわからなかったのですか？」

精霊たちなら盗みの現場を面白半分で見学していそうだけど？

「最初の捜査にはエルフを加えていなかった。その後、捜査班のエルフを派遣したけれど、その者が捜査の内容は告げられないと言ってきた」

精霊によって犯人はわかったけど、エルフが言えないって……犯人もエルフだったってこと？

その疑問を陛下に投げかけると、あっさり否定される。

「四季《よんき》ほど前、大陸全土が争いをしていたことは覚えているね？」

ラーシア大陸の歴史の中でも、一、二位を争う歴史的転換点だ。我がガシュ王国の歴史を語る上でも外せないので、今まで何度も耳にしている。

それに、先日出会ったエルフの森のお姉さんから聞いたお話も、その時代のものだ。

「はい」

「長きにわたる争いに嫌気が差し、姿を消した種族がいた」

「……もしかして、ドワーフ？」

「そう。ドワーフ族は物作りに長《た》けている。ほとんどの国が、ドワーフ族に多くの武器を作るよう依頼したそうだ」

　それがどんどんエスカレートしていき、より多くの人を殺せるものを作れと言われるようになり、ドワーフはある日忽然《こつぜん》と消えた。

　住処《すみか》を人間が立ち入れないような辺境に移したとか、大陸中を放浪しているとか、いろいろな説があるらしい。

　陛下が言うには、ドワーフ族が姿を消すのにエルフ族も手を貸したので、彼らがどこにいるのかを言えないのだろうと。

　つまり、資材のサンテートを盗んだのはドワーフ族というのが陛下の考えなんだね。

「じゃあ、カイディーテはドワーフがいる場所に案内してくれているってことですか？」

「そうだよ。ドワーフ族は火と土の魔法を操る。土の魔法が使われていたら、カイディーテはすぐわかるから。それに、聖獣がなすことに文句を言える種族はいないだろう？」

　なるほど。エルフは種族間の決め事で教えることはできないし、人間が探ればドワーフが警戒して会ってもらえないかもしれない。

「精霊さんはドワーフの場所を教えてくれないの？」

「精霊から教えてもらうことも可能だが、ドワーフ族は精霊を見ることができないんだ。見えないものから聞いたと言われても、彼らは確かめようがないだろう？　契約者である私が聖獣を伴えば、精霊から教えてもらったことも信じてくれるかもしれないが、今度はそれを証明できない」

人間も精霊を見ることができないので、見えない側の人が精霊に教えてもらったとか言っていたら凄く嘘くさいもんね。そして、聖獣の契約者は嘘を吐けない……とかもないので、嘘でない証明もできない。

「でも、ユーシェも聖獣……」

「ユーシェは私の聖獣だから、私の味方をしていると思われるだろうし、同じ属性の聖獣の方が親近感が湧いてドワーフの警戒も緩むだろう」

ようは、ドワーフを刺激しない方法がカイディーテだったっていうことで合ってる？

「じゃあ、ドワーフはずっとこの森にかくれていたのかな？　森を拓《ひら》いたから怒っちゃった？」

ロスラン計画の場所を決める前からドワーフが森にいたとしたら、建設反対運動的な感じで資材を盗んだということも考えられる。

「私の大伯父から聞いた話だと、ドワーフ族はいくつかの集団を作って、移動しながら生活をしているらしい」

陛下の言う大伯父さんとは、先々代皇帝のお兄さんで人間でありながら獣人とも対等に肉弾戦ができるほどお強く、軍部の総帥を務めていたんだって。

陛下の背負っている大剣はその大伯父さんが愛用していたもので、総帥を引退したときに譲り受けたそうだ。

その大伯父さんがなぜドワーフのことを知っていたかと言うと、大剣を作ったのがドワーフで、密かに交流を持っていたとか。

「その剣を作ったドワーフがいるかもしれない？」

「それはわからないが、もし、この剣を作ったドワーフ族がいるなら私からもお礼を言いたくてね」

　なんでも、人間の鍛冶職人が鍛えたものよりも魔力の伝わりが格段に優れていて、なおかつ、特級の火魔法をぶった切れるほど頑丈で、見た目に反して軽い。まさに、水の聖獣と契約した者のためにある剣だと、陛下は熱く語る。

　道中も陛下はドワーフにまつわるお話をたくさん聞かせてくれた。

　宮殿の地下にある皇室宝庫には、いくつかドワーフ族が作ったとされる武器や装飾品が厳重に保管されていて、魔道具でないのに魔法に似た力が宿っているという逸話があるとか。

　その力についても研究がされているけど、今の魔法とは系統が違うので、便宜上『古代魔法』と呼ばれているそうだ。

　地球で言うところのオーパーツみたいなもののようで、ぜひとも見てみたい！

「ネフェルティマ嬢の好奇心を刺激してしまったようだが、何が起こるかわからないから見せることはできないよ」

　神様の力に反応する可能性もなきにしもあらずってことで、聖獣の契約者は近寄ることも禁止されているのだと言われた。

「むぅ……」

　物凄くがっかりだけど、ドワーフと仲良くなれればワンチャンあるのでは？

神様の力と関係なければ見るぶんには問題ないはずだし。

「何を考えているのか手に取るように伝わってくるけど、ドワーフ族は長命ではないから技術や伝承がすでに廃れている可能性もある」

……なぜ背後にいて私の思考が読まれているのだろうか？

ひょっとして、精霊がこんな表情していると教えていたりする？

それはやめていただきたいんですけど！

「主《あるじ》はわかりやすいからな」

「心を許すとすぐ取り繕わなくなるのは直していただきたいですね」

森鬼とパウルよ。がっつり聞こえてるからね！

まぁ、聞こえないよう小さな声で話しても精霊たちが面白がって声を届けてくれるから、結局聞こえちゃうんだけどさ。

◆◆◆

一日中歩いてもドワーフのもとには着かなかったので、森で野宿することになった。

「グルルゥ」

ぽっかりと木が生えていない場所に、カイディーテが大きな体を地面に擦りつけるようにゴロゴロすると……あら不思議。

でこぼこしていた地面は真っ平らになり、転がっていた小さな石まで消えてしまった。

さらにカイディーテは、よく育った木と木の間をおみ足でタシタシ叩くと、ザーッと激しい葉擦れの音がしたあとに、こんもりと落ち葉の山ができあがっていた。

「ネフェルティマ嬢の寝床だそうだ」

落ち葉の山をカイディーテは前脚で均《なら》し、自らもぼふっと寝転がる。

私は早速、落ち葉の上をゴロゴロ転がると、カイディーテのお腹にぶつかった。

カイディーテが整えてくれたおかげか地面の硬さも感じられず、葉っぱがガサガサと音を立てるのが面白い。

「お嬢様、寝るのは食事をしてからですよ」

夕食にはちょっと早いけど、準備に時間かかるからねーっと思っていたら、すでに魔法でかまどが作られており、火も熾《おこ》されていて、やかんのようなものでお湯まで沸かしていた。

このかまどでどんな料理を作るのかワクワクしていたら、連絡用の転移魔法陣を取り出し、何やら紙を送る。

ご飯の前に、宮殿か拠点にいる誰かに報告かと、転移魔法陣が発動するのを眺めていた。

すると、すぐにお返事が来たのか、転移魔法陣が淡く光ると……お皿が出現した！

警衛隊の隊員がお皿をどかすとまたお皿が……。

お肉と野菜が挟んであるパラスがこんもり盛られたお皿が三皿、唐揚げもどきが山盛りのお皿が二皿、蓋がされた鍋みたいなのが一つ、籠に盛られた果物……と次々に出てくる。

それを見て、野宿の楽しみである野外調理は行われないのだと気づく。とてもがっかりだよ。

「少人数の場合、食事を転移魔法で運んだ方が荷物を減らせるからね」

私のがっかりした表情を見て、陛下が理由を教えてくれた。

荷物が少ない方が楽だし、携帯食だと食事したって気にならないもんね。

パウルから渡された温かい濡れタオルで両手と顔を拭き、さっぱりしたところでパウルにお願いしてパラスを小皿に取り分けてもらう。

蓋がついたお鍋が私と陛下の前に置かれる。中身は蒸した野菜だった。

三人の隊員は見張りのため食事はあとになってしまったけど、いつもと違う場所での食事はやっぱり楽しい。

「ネフェルティマ嬢、ちゃんと野菜もお食べ」

先ほどから唐揚げもどきばかりをもぐもぐしていたせいか、陛下がフォークに刺した野菜を私の口元に持ってきた。

私が遠慮なくパクリと食らいついた横で、パウルの目が鋭さを増したのは気のせいだろう。

ところで、陛下がくれた野菜はかぼちゃもどきで私も大好きなんだけど、味はじゃがいもなんだよね。

分類は野菜でいいのかと考えて早数年。答えはいまだ出ていない。

食事が終わると、私だけ用意されていた寝間着に着替えて、歯を磨いて、寝袋に入る。

そして、カイディーテに寝袋ごと咥《くわ》えられて運ばれると、子猫のようにお腹へ納められた。

ふむ。この体勢、カイディーテのおっぱいを探せるのではなかろうか？　カイディーテ、雄だ

けど……。

おや？　寝袋を使っているのは私だけ⁇

キョロキョロと周りを見回せば、陛下ですらユーシェに寄りかかって寝るようだし、先に仮眠を取る隊員たちもみんな木に背を預けている。

それに、魔物っ子たちは私と一緒にカイディーテの側にいるのに、海の姿がない。

「あれ、海は？」

「あそこだ」

森鬼がクイッと顎で示した先は上の方。そちらを見ると、なぜかハンモックがぶら下がっているではないか！

しかもあのハンモック、森鬼のお気に入りのやつでは？

森で野宿をするからハンモックを持参したのに、自分で使わず海に譲ったってこと？

「森鬼のお気に入りなのにいいの？」

「珍しく頑張っていたからな」

荷物運びをした海への、森鬼なりの労《いたわ》り方だった。ほんと下の子には優しいよねぇ。

「じゃあ、森鬼もこっちでいっしょに寝よう！　みんな、森鬼の場所を作ってあげて」

すると、星伍と陸星は立ち上がって森鬼のもとへ行き、こっちだよとズボンを咥えて引っ張り、稲穂は場所を空けるためか私の寝袋に侵入してきた。

寝袋は余裕があるからいいとして、私のお腹の上で動かれると苦しい。

落ち葉の上に森鬼が仰向けに寝転がれば、星伍と陸星は森鬼の脇の部分に入り、胸に頭を置いて枕にしてしまう。

さらに、木の上にいたノックスまで降りてきて、森鬼のお腹の上にリラックスモードで毛繕いを始めた。

こうなると、寝返り打てないけど大丈夫かな？

もうちょっとカイディーテのお腹もふもふを堪能していたかったが、稲穂の尻尾が温かくて目が開かなくなってきた。

カイディーテとみんなにお休みの挨拶をして目蓋《まぶた》を閉じる。

あっ……カイディーテのおっぱい探してない！

3 森の中を満喫中！

ヴィに押さえつけられて、まっずい粉乳を無理やり飲まされるという悪夢を見た。

カイディーテのおっぱいを探そうとした罰だろうか？

粉乳にはよくない思い出ばかりあるので、罰なら効果覿面《てきめん》だね‼

パウルに手伝ってもらって身支度を整えると、どこからか香ばしい匂いがしてきた。

「ネフェルティマ嬢、しっかりと休めたかな？」

「はい、夢見はよくなかったですけど……」

陛下は優雅にお茶を飲んでいて、一瞬ここは宮殿かと錯覚してしまう。

バックに花を咲かせたりする高貴なオーラは、幻影を映すこともできるらしい。私も早くこの技が使えるようになりたいものだ。

目覚めの一杯を陛下にすすめられ、それをまったり飲みながら悪夢の内容を話した。

すると、陛下はツボにはまったのか、ずっと笑っている。

粉乳にまつわる黒歴史は話していないのに、何がそんなに面白いの？

「……すまない。子供たちが生まれた頃を思い出してね」

陛下が言い訳のように話してくれたのを要約すれば、皇子たちも乳幼児のときに粉乳を嫌がって乳母を困らせていたという内容だった。

やっぱりこの世界の粉乳は赤ちゃんの味覚に合っていないのではなかろうか？

この世界の粉乳は動物の乳を乾燥させて粉末にしたものなので、地球の粉ミルクより原始的だ。

まぁ、基本は母乳で育て、乳の出が悪いときや母親の体調がよくないときなどに代用として与える程度なので、味にこだわる人が少なかったのだろう。

我が家はママン主体、乳母がサポート役という育児方法だったから、粉乳の回数は他の家より少なかったと思う。

それでも、あの味はちょっとトラウマになるんだよ。

「やっぱり粉乳は赤ちゃんでも美味しくないって感じるんですよ！　グワナルーンの乳くらい美味しかったら、いやがったりしません」

これから生まれてくる赤ちゃんたちのためにも、粉乳の味を改良した方がいいと思う。

「ふむ。しかし、母乳もそこまで美味しいとは言えな……」

「陛下！　発言にはお気をつけください」

陛下の言葉を途中でぶった切るというパウルの不敬な行為に驚いたが、冷静になれば陛下の発言の方がやべぇことに気づく。

まさか……そんな……って気持ちで陛下を見やると、陛下もかなり慌てていた。

「いや、けっしてやましいことをしたわけではなく、テオが生まれたときに后《きさき》に頼んで味見させてもらったんだよ」

初めての子育てで、母乳の味が気になったから味見したってことだと思うけど……。

そもそも、皇后様は生まれたばかりのテオさんに母乳をあげていたのだろうか？

皇后様のような身分の方だったら、育児をしたくても公務とかでできなかったりするから乳母がいるのでは？

「陛下、お嬢様が大変混乱しておりますので、それ以上何も仰らないようお願い申し上げます」

パウルの言葉には、それ以上言うとぼろが出るぞという含みが感じられた。

つまり、大人の事情。

前世で独身だった私は耳年増だと自覚しているけど、本人の口から聞かされると妙に生々しい。

そして、とても気恥ずかしいぞ！

「そ、そうだね。この話は終わりにしよう」

警衛隊のみなさんから生温かい視線が送られている。

その視線に気づいた陛下はわざとらしく咳払いをして、みんなの気を逸《そ》らす。

「二の姫様、よろしければこちらを召し上がりますか？」

陛下の意を汲んだ隊員さんが話題を変えるためにお皿を差し出してきた。

先ほどからしていた香ばしい匂いの正体のようだ。

「……これは？」

「バリンと言います。雑穀を乾燥させたものなのですが、焼いて食べるとバリンッて音がするんですよ」

それは……お煎餅《せんべい》では？

元は干し飯のような保存食なんだと思うけど、焼いたらお煎餅っぽくなるし。

「よく噛んで食べてください。これは水分を吸うと膨らむので、二の姫様なら一枚で十分お腹いっぱいになると思います」

隊員さんにすすめられるまま、お煎餅を齧《か》じりバリボリといい音を奏でる。お米の煎餅とは風味がやや異なるけど、塩味の煎餅だねぇ。

そして、隊員さんが淹れてくれたお茶をズズッと音を立てて飲んだ。お茶は香ばしく、ほうじ茶のような味でお煎餅に合う。

この組み合わせは森の中よりも、昔ながらの縁側で食べたいものだ。

「これ、お塩も美味しいけど、お砂糖も合いそう」

確か、浅草の名物雷おこしとか、似たような作り方だったはず。ザラメがあるなら、ザラメをまぶすだけでも美味しいと思う。

でも、やっぱり砂糖水を塗る方が焦げなくていいかも。

はっ！　上手くすれば、魔法でポン菓子を作れるんじゃ？　雑穀だとお米のように膨らまない可能性もあるけど。

お煎餅食べたら、甘い物食べたくなってきた……。

「砂糖……これを甘くするのですか？」

雑穀を甘くすることに抵抗があるのか、隊員さんの顔はちょっと引きつっていた。

「砂糖を送ってもらい、作ってみたらどうだい？」

話題が変わったことが嬉しいのか、陛下はウキウキとした様子で別の隊員に砂糖を取り寄せるよう指示を出す。

「お菓子を作るときの砂糖でいいのかな？」

「はい。お湯でとかすので」

陛下のいたたまれない気持ちもわからなくもないので、提案に乗ってあげよう。

そうして送ってもらった砂糖は上白糖みたいなやつだった。

深さのあるお皿に水と砂糖を入れて、火の魔法を使える隊員にじわじわと加熱してもらう。焦げないよう混ぜながらうっすら黄色くなるまで熱し、小さく割った焼きバリンにまんべんなく絡める。くっつかないよう平皿に並べて、風の魔法で冷ませば、なんちゃっておこしの完成だ。

いざ、実食‼

顔を引きつらせていた隊員さんが、おそるおそる甘いバリンを口に入れると、ポリポリ音をさせながら美味いと呟く。

それを聞いて陛下が手を伸ばし、他の隊員さんも一口食べると、みんな美味しいって言ってくれた。

私も一つ食べてみたけど、日本の素朴な、懐かしく感じる味だった。

ただ、お腹で膨らむというのは本当のようで、もう満腹感がする。

「これ、軍部の方にも教えてあげていいかい？」

「いいですよー。子ども向けに広めてもいいですし」

あれだけの量でお腹いっぱいになるのだから、食べ盛りの子供のおやつにちょうどいい。

「あー……まぁ、それも検討しよう」

歯切れの悪い返答だけど、砂糖が高いとか、庶民に広められない理由があるのかな？

というか、砂糖が高いしか思いつかない。

私が悩んでいると、陛下が耳打ちでこっそり答えを教えてくれた。

「たったあれだけで、お腹いっぱいになるのは不思議じゃないかい？　バリンの中に、極秘のものが入っているんだよ」

なるほど！　雑穀でもそこそこ膨らむだろうけど、一番膨らむ穀物が国か軍の機密なんだね。

ライナス帝国が独自に品種改良して開発した穀物で、まだ市場に流したくないのなら言い淀むのも当然だ。

しかし、名に誓わせないで私に教えてよかったのだろうか？

まぁ、私が知ったところで何ができるわけでもないけど。

朝ご飯を終え、出発の準備をしている間は邪魔にならないよう、少し離れた場所で魔物っ子たちと遊ぶ。

荷物を載せられた海も合流したので、その首にしがみついた。

「海、ぎゅーっ！」

私はもふもふを、海は欲を、お互いにチャージし合う。

海の鬣《たてがみ》もさることながら、他の短い毛も手触りが凄くいいのだ。

毛、ちゃんと生えているよねって思うくらい滑らかで、その下の筋肉の弾力も素晴らしい！

他の姿は華奢《きゃしゃ》なのに、馬の姿だと筋肉が倍増していると思う。

「きゅーーっ‼」

「うっ……」

海の前脚、特に付け根付近の筋肉をさわさわしていたら、稲穂の鳴き声とともに背中に衝撃が伝わってきた。

体勢は変えずに首だけを動かして、稲穂が何をやっているのか確認する。

私の真似をしているのか、海の顔面に張りついていた。

稲穂よ。君が足場にしているうさぎさんリュック、君が大好きなソルの竜玉《オーブ》だよ？

それに、動いたら稲穂が落ちそうで動けない……。

「稲穂、ちょっと背中から降りようか」

「きゅぅぅ……」

そんな、嫌だみたいな声出さなくても。ちょっとだけでいいからさぁ。

「主を困らせるのだめ」

「きゅっ、きゅう！」

「うん。それは嬉しい。でも、主を困らせるのはだめ」

稲穂が海の顔に張りついたのには理由があったみたい。だけど、海が注意をしてくれたおかげで私の背中は解放された。

んーっと思い切り伸びをして、背中の筋肉をほぐしてから稲穂に向き直る。

「急に飛びかかると危ないから、もうしないように！」

「きゅぅ」

一応、反省はしているようだ。

でも、稲穂は興味を引くものがあると、考える間もなく動いちゃうところがある。ここで言い聞かせてもまたやっちゃうだろうなぁ。

◆◆◆

「はふぅぅぅ……」

もうここから降りたくない。

カイディーテの背中に乗り、落ちないように首にしがみついているんだけど、ここは楽園じゃあああ！

首回りの毛に顔を埋《うず》めると、ほのかに花の匂いがした。

その匂いを思いっきり吸うと、カイディーテがやめろと言うように尻尾で私の足をペシペシしてくる。痛くはなく、くすぐったいだけ。

そのときはやめられても、しばらくするとまた嗅ぎたくなって吸い、再びペチペチ。

「このにおい、中毒性があってね……」

私がそう言い訳をすれば、ふわりと風が動き、匂いが変わった。

そういえば、ラース君はいつもお日様の匂いだけど、カイディーテはその時々で匂いが変わる気がする。

ひょっとして、香水みたいにその日の気分で体臭を変えられたりするの!?　しかし、どういう原理だ??

それと、この匂い……昨日寝るときにした葉っぱのにおいじゃん！

もっとこう、フローラル系とかウッディ系とか……葉っぱのにおいもウッディ系になるのか？

葉っぱのにおいには中毒性がないので、嗅ぐのを諦めて、毛並みを堪能《たんのう》することにした。

そんな私をよそに、星伍、陸星、稲穂が追いかけっこしながらカイディーテの周りをグルグルしている。白は雄叫《おたけ》びのような鳴き声を上げるなど、道中は大変賑やかだ。

木々になっている実をつまみ食いしている森鬼の足元に、ノックスが何かを落とした。

白とグラーティアがいつの間にか魔蟲《まむし》を仕留めたらしい。先ほどの鳴き声は雄叫びではなく、勝ちどきだったのか！

どうも、森の中は魔物っ子たちの本能を刺激するようだ。

「ねぇ、森鬼。そのまむしどうするの？」

森鬼が拾った魔蟲は、大人の手のひらより少し大きいくらいの、魔蟲としては小ぶりなサイズだった。

「食べる」

ですよねー。

ただ、その魔蟲、サソリのようなハサミを持ち、ムカデのような長い胴体とたくさんの脚と、多足類に似ていて食べるには勇気のいる見た目をしているけど‼

まぁ、お昼ご飯確保したと喜んでいる白には、見た目は関係ないみたいだが。

このサソリムカデもどきは幻種《げんしゅ》という分類で、その見た目通り、毒を持っているらしい。

毒はハサミの部分にあるそうで、そこさえ気をつければ毒にあたることはないと、森鬼が手でハサミを毟《むし》り取りながら教えてくれた。

魔物っ子たちがこんな感じなので、まるでハイキングをしているような楽しげな雰囲気が漂っている。

お昼には、魔物っ子たちが魔蟲を美味しくいただきました！

まったりペースで進んでいるので、また野宿かと思い始めた頃、森の中に土塀《どべい》が出現した。

「ここのようだね」

入口が見当たらないので、塀に沿って探すことに。

しかしこの塀、ここにいる人たちなら登れそうな高さしかない。森鬼の角《つの》込みの身長とそう変わらないから、２メートルくらい？

ちょっとジャンプすれば覗けそうではあるけど、そんなことしたら確実に不審者だし、もし中のドワーフが目撃したら恐怖でしかないか。

ようやく扉が見えたぞ！

警衛隊員が扉をドンドンと強く叩く。

ドワーフはどんな姿をしているのだろうかと、ドキドキワクワクしながら反応を待っていたのに、うんともすんとも言わない。

隊員さんがもう一度叩き、大きな声で呼びかけをしてもダメだった。

「扉の近くに誰もいないのかもしれません」

「仕方ない。拡声で呼びかけしよう」

『拡声』は騎士や軍人がよく使う魔法で、声を一定の範囲に届けることができる。

マイクや拡声器と似たものだけど、聞こえる声の大きさは変わらない。

近くにいても煩《うるさ》くないし、ハウリングもしないから、魔法の方が高性能だと思う。

陛下の指示通りに隊員さんが魔法を使って声をかける。

「どなたかいらっしゃいますか？」

待つこと数分。かすかに物音が聞こえた気がする。

「……誰？」

声が聞こえた場所を探すと、扉の隅っこに覗き窓があった。

ダオの隠し部屋の覗き窓より、位置がだいぶ低い。背伸びすれば私でも覗けそうだから、私の頭よりちょっと上くらいか。

「ドワーフ族とお見受けします。我々は、ライナス帝国軍諜報部です。この森の調査をしておりまして、少々伺《うかが》いたいことがございます」

ん？　隊員さんたちは陛下の警衛隊なのに、ライナス帝国軍諜報部⁇

所属を偽るにしても、私がいたらおかしくないかい？

「というわけで、ここから陛下と呼んではいけないよ。私のことはセリューお兄様と呼んでくれ」

いくら陛下の見た目が若くとも、兄妹設定は厳しいと思う。親子設定の方が無難じゃないかなぁ。

「いいんですか？」

「まぁ、楽しもうじゃないか」

陛下とヒソヒソ話をしていたら、中のドワーフと話がつき、扉が開く。

あ、やっぱりここも引き戸なん……だと心の中で呟ききる前に、扉は動きを止めた。

ほんのちょこっと、子供が横向きで通れるくらいの隙間しかない。

「帝国軍だという証明を見せろ」

隙間から覗く顔は幼く、ダオよりは年上かなって感じなので十歳くらい？

ここにいる警衛隊員たちの制服は帝国軍のとはちょっと違う。

交番のお巡りさんはよく見かけても、皇宮警察を見る機会ってめったにないのと同じで、見慣れない人は警衛隊員を軍人だと間違えることもあるらしい。

それなのに、警衛隊員の嘘に気づいたのだとしたら、博識で頭が切れる子供なのかもしれない。

さすがに、ただの制服好きってことはないだろうし。

制服に違和感を覚え、嘘かもしれないと疑っているのなら、証明を見せろと言ってきたのも頷ける。

「これでどうだろうか？」

隊員は、少年に近づいてバッジを見せた。

ライナス帝国軍の制服には所属部隊の部隊章の刺繍《ししゅう》の他に、隊旗と同じデザインのピンバッジをつけることが義務付けられている。

このピンバッジは身分証明にもなるし、他にもいろいろ隠し機能があるらしいので、悪用されないための対策もばっちり！

職務中にしか携行できないよう厳重に管理されており、魔法陣を用いないと魔力を充填《じゅうてん》できないようにされている。しかも、一定期間充填がないと壊れる仕組みの魔道具なのだ。また、紛失した場合も即座に壊すことができるらしい。

で、そのピンバッジを警衛隊員が持っているということは、最初から所属を偽る予定だったたってことか。

「本物だったら青天馬《せいてんば》が出るはずだ」

そう。日本でも警察手帳は顔写真が見えるように呈示《ていじ》しなければならないように、ピンバッジが偽物でないことを証明しなければならない。

隊員が『国章』と唱えると、小さな青天馬が魔法で形作られる。

こっちの世界では国章が国旗も兼ねており、ライナス帝国の青天馬の紋章を知らない人はいないだろうというくらい有名な紋章だ。

「確かに本物だな。だが、中には入れられない。話なら僕が聞こう」

扉が動いて、少年が中から出てくる。そして、扉の中を窺う暇もなく、瞬く間に閉まった。

「ドワーフ族野《の》鍛冶《かじ》流《ながれ》の長、ラグヴィズだ」

4 スカウトすべし！

「ドワーフ族野鍛冶流の長、ラグヴィズだ」

……お、おさぁぁぁ!?

子供でも長になれる種族なのかな？

私が驚いていると、ラグヴィズと名乗った少年は私たち一行を無視して通り過ぎ、カイディーテとユーシェの側に跪《ひざまず》く。

少年の鮮やかな赤紫の髪が目に残る。

「地の聖獣様、水の聖獣様、ご挨拶を申し上げます」

少年が恭《うやうや》しく聖獣を讃《たた》える口上を述べるも、カイディーテとユーシェは聞いちゃいないし、見てもない。本当に、契約者とその身内以外には無関心だなぁ。

「地の聖獣様、地竜様のおられる場所をご存じでしたら、お教えいただけないでしょうか？　なにとぞ、お願いいたします」

挨拶を述べていたときと打って変わって、緊迫した空気を漂わせている。

しかし、カイディーテは何も返さないし、どちらかと言えば、警戒心を強めたように感じた。

「……長殿。地竜様の居場所は何人にも教えられないことになっている」

陛下がそう告げると、少年はようやくこちらに意識を向けた。

少年の髪を見ていると、赤紫蘇《あかじそ》を連想してしまう。梅干しの中に入っている赤紫蘇、美味しいよね。

濃い黄色の大きな目から、外見に似合わず狡猾《こうかつ》さがにじみ出ているように思う。そのせいで、無垢《むく》な子供のようで一癖も二癖もある食わせ者という、相反する印象を受けた。

「あんた……エルフ族か？」

「いいや、先祖返りだ」

ライナス帝国は、ハーフエルフであるロスランが迫害されていた種族を集めて興《おこ》したという歴史があるため、今でも先祖返りが一定数生まれている。

「水の聖獣様に、先祖返り……。皇帝か」

これだけヒントが揃えば、誰だって皇帝だと気づくよねぇ。

そもそも、陛下って隠す気あったのかな？

陛下は正体を当てられても、何も言わずに微笑んでいる。肯定も否定もできないから、黙っているしかないのだろう。

「で、なんの用だ？」

突然、ゾゾゾゾッて総毛立つ感覚に襲われた。

いつの間にか、私の目の前にはパウルの背中があり、周りの警衛隊の人たちも剣を抜いているではないか。

何が起こったのかと、パウルの後ろから覗いてみると、少年が岩のようなものに座っていた。

先ほどまで、岩などなかったのに……。

「ちょっと魔法を使っただけだろ。そんなに怒るなよな」

魔法で椅子の代わりになるものを出したら、みんなが超反応しちゃったってこと？

じゃあ、あのゾッとする感覚はみんなの殺気だったのか。

「ここから東にある道沿いに人の集落ができたのだが、そこで盗みが発生しているんだ」

「……それで？」

「なぜかサンテートばかり狙われる。君たちがこの森で活動しているなら、何か心当たりがないかと思ってね」

「皇帝さんよ、はっきり言ったらどうだ。僕たちを疑っているってさ」

挑発するような物言いだけど、陛下には効いていない。

それどころか聞き流して、土の魔法が使える警衛隊員に椅子を作れと言っちゃうくらい余裕《よゆう》綽々《しゃくしゃく》だ。

椅子が必要になると想定していたのか、隊員は文様符《もんようふ》を地面に置いて『成形』と詠唱する。すると、地面が盛り上がり、見えない手が粘土をこねるかのように形が整っていく。

時間にして五秒くらいだっただろうか。装飾までついていて、どこかで見たことあるような気もする茶色い椅子ができあがった。

その椅子に優雅に腰掛ける陛下は、場所が森の中でも皇帝たる威厳を備えている。

「今は証拠がないからね」

精霊が犯行を目撃しているかもしれないけど、エルフと違って陛下は精霊の言葉を偽ることができるので、証拠とは言えないのだ。

偽ったら偽ったで、精霊がプリプリ怒りそうだもんね。

「それと、一つ確認したいのだが」

陛下が目配せすると、隊員が例の大剣を持ってくる。

「これは君たちが鍛えたものかな？」

少年は素直にその大剣を手にし、鞘を抜く。そして、鋭い眼光で剣身《けんしん》を睨《ね》めつける。

「ほぉ……。一季《いっき》までは経ってないようだが、いい具合に使い込まれている。拵《こしら》えを見るに、皇帝さんのものではないな」

「あぁ、大伯父のものだ。私と違い大柄で、武勇の優《すぐ》れた御仁だった」

百年経っていないとか、どんな人に合わせて作ったとか、どこを見ればわかるの？

「皇帝さんが知っているかわからないが、僕たちドワーフにも得手不得手がある。この野鍛冶流は武器ではなく、農具や調理具といった日常に使うものを作っている。これは別の流、武具流が鍛えたものだな」

「そうか。素晴らしい一振りなので、私もお礼を伝えたかったのだが……」

「これを鍛えたのは、ドワーフ族でも名を残している名匠スラーデンだろう。彼が女神のもとへ旅だってだいぶ経つ」

ドワーフ族は人間よりちょっと長い百歳前後が寿命らしいので、さすがに剣を作ったと思われるスラーデン氏は亡くなっていた。

「この剣は大切にしてくれ。今は失われた技術で作られていて、とても貴重なものだ」

「失われた……？」

少年は陛下に大剣を返すと、ある一点を指で示す。

「この文字を使って、魔法を付与しているらしい。詳しいことはもう誰も知らないんだ」

文字？　ラーシア語でないとしたら神代《しんだい》語か精霊文字だけど、読めないとしてもそれがどの文字くらいかはわかるはず。

ひょっとして、その文字が前に陛下が教えてくれた、ドワーフが作ったものに残されている『古代魔法』と関係あったりする？

ちょっと私も見たい！

会話の邪魔にならないよう、そろりそろりと近づいてみたけど、その文字らしきものは見えなかった。

失われた技術は、ドワーフ族の中でも条件を満たした者のみ口伝伝承できるものだと少年は言う。

そして残念ながら、他種族との交流を絶ち、複数のグループにわかれて放浪する間に条件を満たす者が減り、ついには最後の一人が亡くなったそうだ。

「そうか。それはさぞ無念だろう」

「あぁ。たぶん、流ごとにわかれたことが原因だと思う。技術だけでなく、知識の共有、協調性、感性といった部分に偏《かたよ》りが出ているように感じる」

いつもと同じメンバーで、いつもと同じ作業を閉鎖的空間でやる。自分だけの世界に没頭しやすくはあるだろうが、刺激は少ないだろうね。

井の中の蛙《かわず》、空の青さに気づかなければいつまでも世界は狭いままだ。

彼の表情はどこか追い詰められているようにも見える。

「だから、人が集まっているところに来たの？」

ここまで、私は大人しく聞いていただけだったけど、思い切って声をかけた。

少年が驚いていることから、私の存在に今気づいたっぽいね。

陛下に手招きされて近くまでいくと、ひょいっと膝の上に乗せられる。

「はぁ？　子供⁉」

君も子供でしょうと言いたかったけど、客観的に見たら、この集団に子供がいるのは不思議なので我慢した。

「妹だよ」

……皇帝だってバレているのに、その設定で通すのか⁉　皇族と偽称して、あとで罰せられたりしないよね？

こういう無茶ぶりをしてくるところは、ルイさんと血の繋がりを感じるよ。

少年は興味なさげに、ふーんと返しただけだった。

まったく興味を持たれないのも、それはそれでちょっと淋しいものがある。

「気持ちを動かす何かを探しにいったんじゃないの？」

非日常を求めて夜の街にくり出し……いや、違うな。必要なものを買いにいったのに、ビビッてくるものと運命的な出会いをし、それを購入してルンルン気分で帰宅したら、必要なものを買い忘れたときみたいな感じに近いか。

興奮して周りが見えなくなって、ふと冷静に返るとやっちまったなーって後悔するやつ。

ま、やっちまったのはしょうがないと、開き直るまでがワンセットね。だって運命だもの！

「お姫さんの言う通りだ。物作りというのは、使う者あってのもの。こんな暮らしをしていては、他の種族に追い抜かれるし、いずれドワーフ族すべての技術が廃《すた》れる。だから、人が何を作っているのか見にいった。まぁ、そこで面白いものがあって、精霊がささやいたのさ」

悪びれる様子もないまま、あっさりと白状した。

『精霊がささやいた』って、本当はいい意味の慣用句なんだけど？

意識せずに、なんとはなしに行った行為がラッキーな結果を呼ぶ的な。

その無意識の行為は、精霊が耳元で教えてくれたからと言われている。

それが、悪いことをした言い訳に使う人が増えた。魔が差すと同じだね。

結果、貴族など学んだことがある人は正しく使い、庶民などは誤った使い方をするようになったらしい。

もっと時間が経てば、一部の日本語みたいに誤用の方が広く定着するかもしれない。

「サンテートを盗んだことを認めるのかい？」

「あぁ」

開き直るまでがワンセットとはいえ、少しは反省している様子。それとも、もう罰せられる覚悟が決まっているのかな？

「盗みは労役が課せられるが、もうやらないと名に誓うなら罰金ですませることもできる」

今や伝説的でもあるドワーフを、他の犯罪者と同じ場所で働かせるわけにはいかないだろう。騒ぎになって、下手したら誘拐や詐欺など別の犯罪を呼び寄せることになりかねない。

「それなら、ロスラン計画のきょ点で働けばいいんじゃない？　へ……セリューにい様がドワーフ族と仲良くなったって言えば、みんな信じるよ！」

危ない危ない。陛下って言うところだった。

聖獣の契約者である陛下が、ドワーフ族から協力を得たことにすれば、労役で働いているとは誰も思うまい。

「それに、ドワーフたちも塔を作るのに関わることができるし」

私がそう提案すると、陛下は何やら考え込んでしまった。

「へぇ、それはいいな。あのサンテートもそいつらが作ったんだろ？」

「私も少し手伝ったのよ！　大工組合の長といっしょにサンテートの形をいろいろ考えて、かじ組合の人たちに作ってもらったの」

H字型の鉄鋼も簡単そうに見えて、ああでもないこうでもないとヴォノック親方と試行錯誤《しこうさくご》して大変だった記憶しかない。

建築関係って門外漢でにわか知識しかなく、私は溶接で鉄板同士をくっつければいいと思っていたが、親方は納得しなかった。溶接でも強度が落ちることがあるんだって。

馴染みの魔工匠《まこうしょう》に加工するための魔道具を超特急で作らせたりと、親方の熱量が凄かった。

私は精霊からのアドバイスを森鬼に通訳してもらいながら、口を出すくらいしかやってない。

親方や鍛冶組合の職人の技術があってこそ、作ることができたものだと思っている。

「お姫さんがぁ？」

半信半疑どころか、１ミリも信じていない顔をするな！

「大工組合の長だって、私を弟子にするって言ってくれたんだから！」

「社交辞令って言葉、知っているか？」

知ってるわ！　社交辞令どころか、逆に断るのに苦労したわ‼

こやつ、ヴィと同じにおいがしてきたぞ。人をいじめて楽しむタイプだな！

「それだ！」

突然陛下が大きな声を出したので、私の体はビクリと跳ねた。

どうしたのかと、後ろを向いて陛下を見上げる。

「この国の鍛冶師に弟子入りしてみないか？」

陛下の発言に、今度は少年が驚く。

ドワーフをどうやって受け入れるか、ずっと考えていたようだ。それで、私の発言から閃《ひらめ》いたと。

ロスラン計画の拠点には大工組合だけでなく、鍛冶、商業、薬師と、建設に必要な分野に関わる組合が人員を派遣している。

もちろん冒険者組合もいるけど、今のところ施設を使う側として意見をたくさん出してもらうくらいだ。彼らの出番はもう少しあとになる。

陛下は仮にと前置きをして、ドワーフが鍛冶師に弟子入りするとどうなるかを説明した。

ライナス帝国で名だたる鍛冶師の多くは帝都郊外に工房を構えているそうで、まずはそこで人間のやり方を学んでもらう。

拠点での鍛冶師の仕事は大工工具や調理具の修理修繕で、野鍛冶流のドワーフに向いている内容だから、その手伝いを任せると。

労役がロスラン計画の建設期間に終わらなければ、そのまま拠点で鍛冶組合の手伝いとして継続させるそうだ。

少年がそれでは罰にならないと言えば、陛下は庶民が盗みで捕まるとどうなるかの説明を重ねた。

一応、生産者の苦労や働くことの大切さを教える更生施設があるらしい。そこには食べるに困ってとか、病気の家族に治癒魔法をかけてもらうお金が必要だったとか、情状酌量の余地がある人が入れられるそうだ。

犯行動機がとにかくお金！　のスリや詐欺といった犯罪者は、私に聞かせられないような場所で働かされるんだって。

耳を塞がれた上に、ご丁寧に声まで消してくれた陛下だけど、宮殿に帰って調べればわかっちゃうよ？

少年はなぜか両手を隠すような仕草をするし、陛下はそれを見て笑っているし、どんな会話をしているんだろう？

「サンテートを返却すれば、刑期は短くなる」

あ、ようやく解除された！

今度は刑期の話題か。

「あー……。もういくつかは溶かした」

「刑期がどれくらいになるかは使用した量にもよる。どうする？」

「さすがに僕だけでは決められない。中に入っていいから、ちょっと待ってろ」

そう言って少年は立ち上がり、扉を開けて私たちを中に誘《いざな》う。

エルフの森とはまた違った、牧歌的《ぼっかてき》な光景があった。

小さな山のように、こんもり盛られた土に半円の板がはめられているのがたくさん見える。盛られた土にちょいちょい草が生えているのが、また可愛らしいね。

あと、中央付近にある、茄子《なす》を地面に突き刺したような形をした家がめちゃくちゃ気になるのだが……。

煙突から煙が立ち上っているのもあって、全部で七つ。家ならば、数が少なすぎるよね。

そのうちの一番大きな家に入っていく少年。私たちはどうしていいのかわからず、扉の近くで待ちぼうけ。

隊員が陛下の椅子を運び込み、陛下はそれに座って塀の中を見回している。

魔物っ子たちも好奇心を抑えられずに、においを嗅ぎながらうろつき始めた。

あまり離れないよう注意していたら、どこからともなくグバーンと大きな音が三回鳴り響く。

シンバルにしては低く、銅鑼《どら》にしては高いその音。

すると、盛り土の板が開いて人が出てきた。次々と盛り土の板が開くのを見て、こちらの方が家だったのかと妙に感心してしまう。

それにしても……盛り土から出てくるのは男性ばかりなんだけど？

おじいちゃんからちびっ子まで、女性が一人もいない。

大きな茄子型の家の周りに百人ほどが集まったら、少年が話し始めたようだ。

それをなんとはなしに見守っていると、全員がいっせいにこちらを振り返った。

「ひぃっ！」

急に視線を向けてきたドワーフたちが、凄く怖くてパウルにしがみつく。

自分に視線が集まる経験は何度かあるけど、貴族は露骨に見てくることはないし、国民の前に出されたときはそれどころじゃなかった。それに、あのときは私じゃなくて、ラース君とヴィを見ていたはず。

人間に対する嫌悪感とか、好奇心とか、いろいろな感情がごちゃ混ぜになった視線を浴びる恐怖は、言葉では言い表せないくらい恐ろしいということがわかった。

陛下はさすがにこういった視線にも慣れっこなのか、平然としている。

大勢の視線から逃れるため、陛下の椅子の後ろに隠れる私。

そんな私の様子を心配してか、カイディーテが私の横に寝そべる。ユーシェはそれに寄りかかれとでも言うように鼻先で押してきた。

魔物っ子たちも集まってきて、おでこに乗ってきたのは感触からして白だ。

フェイスマスクをした間抜けな顔は人様に見せられるものじゃないから、外では範囲を限定した冷却シートになるようお願いしたのを覚えていてくれたみたい。

おでこにひんやりふるふるな白を感じながら、気持ちを落ち着かせる。

すると、突然私の体がふわりと浮いたような感覚に包まれた。

「えっ？　何事⁉」

しかも、なぜかこの感覚に覚えがある。

思い出そうと唸《うな》っていると視界が歪《ゆが》み、それを見て閃いた。

雫《しずく》の中に入ったときに似ているのだと！

「ユーシェね！」

こんなことができるのは水を操るユーシェか海で、やるとしたらユーシェだろうと予想する。

視界がぐにゃりとなったと思ったらユーシェの鼻先が現れて、正解だと鼻息をかけられた。

白に対抗してなのか、それとも私が視線を避けていることに気づいたのかわからないけど、周りから遮られたのはありがたい。

水の繭《まゆ》の中で休んでいると、星伍と陸星が顔を突っ込んできた。頭全体ではなく、なぜか鼻先だけ。

黒々とした鼻をちょんっと突くと、ひょいっと引っ込む。また、別の場所に鼻が現れ、それもちょんと突く。

二匹が交互に鼻先を突っ込んでいるみたいだけど、中にいる私からしたらモグラ叩きならぬマズル突き。

途中から稲穂の茶色と白の鼻先も加わって、忙《せわ》しなさが増す。

これは面白い！　こういった玩具《おもちゃ》を作れないかな？

「ネフェルティマ嬢、どうやら話し合いが終わったようだ」

遊んでいると陛下に声をかけられたので、ユーシェに水の繭を解いてもらい、椅子の後ろからちょこっと顔を出して周りを確認する。

まだ視線は集まっているけど、こちらに向かって歩いている少年と同行者たちを心配してのものだったので、圧力も薄らいでいた。

椅子の後ろから出て横に並ぶと、カイディーテが反対側に来た。どうやら付き添ってくれるようだ。

「悪い、まだ答えは出せていないんだが、少し聞いてもいいか？」

陛下は穏やかな表情を変えることなく、構わないと答えた。

「実は……外に出たいと望む者が多くいる。それで、皇帝さんに保護してもらえないかっていう意見が出たんだ」

「それを言ったのはぼくだけどねー」

同行者の一人が、ニッコリ笑って会話に加わる。

なんでも、最初はみんなで冒険者の登録をして、採取の依頼を交代で受けようって提案したらしい。

「保護か……さすがにここにいる全員となると……」

陛下は何やら考え込み始めたけど、私は逆に閃いた！

初心者冒険者におすすめな場所、ありますよ‼

「ライナス帝国にこだわりはある？　どこでもいいのなら、ガシェ王国のシアナ特区という手もあるよ？」

私の発言に陛下は驚き、少年たちはシアナ特区を知らないからか、お互いの顔を見合わせて視線だけでやり取りをしている。

「森の外に作っている施設の見本となった町なの。冒険者も多く集まっているし、駆け出しの冒険者をきたえる仕組みもあるわ。それに、弟子入りしたいなら、ガシェ王国のかじ組合にお願いすることはできるよ」

ガシェ王国の鍛冶組合の長への交渉は、お兄ちゃんに丸投げになると思うけど。

それに、野鍛冶流が得意だと言っていた、調理器具や農具を作れる者が欲しい。

シアナ特区の鍛冶組合は支店なので、工房もそこまで大きくはない。今は、武器関係を鍛冶組合が請け負い、その他をコボルトのたたらの氏《うじ》に回している状況なんだとか。

　レイティモ山で鍛冶工房を拡張するのは氏同士の縄張り的な意味で難しいので、特区の外に工房を増設する計画もあるようだ。

　オスフェ家の直轄領であるシアナ特区の周りは拡張予定もあるので、これくらいの敷地なら用意できる。

　即戦力になる人員なら、ヒールランも喜んでくれるだろう。

「他国相手にお姫さんがそんなことできるのか？」

「大丈夫！　シアナ特区をぎゅうじっているオスフェ家とはとーっても仲良しなの！」

　なんせ、実家だからね！

　というか、いつまで陛下の妹設定を演じればいいのだろうか？

　ドワーフたちの前ではずっと……なんてことはないよねぇ⁇

　チラリと陛下を見てみると、うっかり視線が合ってしまった。

「ネフェルティマ……それでは、オスフェ公爵家に有利すぎやしないかい？」

　それは、ほら！　私がデールラント・オスフェの娘だからです！　我が家に有益になるようにするのは当然だよね。

「でも、選んでもらえるようにできる限りのことを申し出るのは普通だよ？　セリューにい様も帝国を選んだらこんなことできるよって売り込めばいいと思う」

　帝国のトップに対して、かなり生意気な言い分だが、妹なので許して欲しい。

それに、いい人材は取り合いが起こるのもしょうがない。

オスフェ家はいつでもいい人材を求めているのだ！

「なるほど。ネフェルティマの言うことも一理あるね」

それでは、陛下による『ライナス帝国のここがいい！』をみんなで拝聴しようではないか。

「我が帝国は知っての通り、大陸の半分を占める国土を保有している。そして、聖獣がいるおかげで、各分野の資源も豊富にとれる」

ガシェ王国はどちらかというと、畜産業が好調なんだよね。資源量でライナス帝国に勝てる国はないだろう。

「あと、鍛冶だけでなく、宝飾、硝子《がらす》、陶芸といった、他の物作りへの弟子入りを紹介することもできる」

うーん、それはうちではちょっと厳しいかも。

ドワーフ族であることを隠してってなると、シアナ特区以外では難しいし。

「懸念事項としては、住処に残る者たちのことだね。場所は好きに選んでもらって構わないが、守ることが難しい。軍部の獣人を駐在させるか、精霊に時々の様子を報告させるかだ」

駐在の場合は、住処に転移魔法陣を設置して、緊急時に人員を送れるようにしてくれるそうだ。

ちなみに、シアナ特区だと場所は選べない。けど、不審者が入りづらい場所ならある！

我がオスフェ家の私設魔術研究所だ。いろいろ危ないからと、シアナ特区から少し離れた場所に作られていて、敷地もまだ空いているよ！

この研究所の周りは、関係者以外立入禁止区域になっているし、警備はお外で活動しているオスフェ家の使用人が担っている。緊急時には、シアナ特区に滞在している冒険者たちが駆けつけ、消火活動や人命救助を手伝うという契約もしてあるらしい。

研究所が爆発する前提なのがなんとも……。

でも、その区画に住んでもらえば確実に安全だよ。

陛下の話のあとに、その辺も追加で説明しておいた。

「ちなみにだな……ライナス帝国とシアナ特区、両方は可能か？　できれば、転移で行き来できるとありがたいんだが……」

それを聞いて、私と陛下は互いに顔を見合わせた。

うん、まぁ、双方のいいとこ取りをしたくなるよね……。

「国境を越える転移魔法陣の設置は、当然ながら相手国の承諾が必要となる。なので、ここで返答はできない」

思わぬ方向に話が大きくなってしまったけど、陛下はこれをどうまとめるのだろうか？

まぁ、大きくなったのは私のせいでもあるから、これ以降は大人しくしていよう。

「どちらにせよ、サンテートの窃盗に関わった者たちは一緒に来てもらうことになるので、取り調べとして拘束している間に話を詰めようと思う」

すべてを極秘に行うそうで、森から出たら軍部の特命部隊にドワーフたちのことを任せると。

特命部隊とか胸躍る存在があったなんて！

その存在は知られていても、部隊に所属する者は任務内容を絶対に口外できず、命令できるのも陛下と総帥さんだけらしい。

そんな特命部隊は少年たちを宮殿まで連れていったあと、ドワーフ族の今後が決まるまでこの村に駐在し、警備と連絡役をこなすそうだ。

「わかった。まぁ、簡単に決められることではないしな」

今の話をしてくると、少年たちは仲間のもとへ戻った。

待つことしばし。

先ほどと同じ顔ぶれ……長である少年、少年と同じ年頃の男の子三人、お兄さん二人、計六名が行くことになったようだ。

5 ドワーフ族の真実。前編

ひとまず、野鍛冶《のかじ》流《ながれ》の代表が決まったけど、彼らの旅支度があるので、またもや待たされている。

この待っている間が暇なので、ちょっと気になったことをソルに聞いてみることにした。

――もっしもしソルよ、ソルさんよ～。

有名な童謡のメロディに乗せて、ソルへ呼びかける。

――お主は普通にできぬのか？

普通？

普通と言われたら……。

――あ、もしもし、ソルさーん？　ネマだよ！

おっと、右手が勝手にエアー受話器してる。

誰にも見られて……ないね。

こっちでは意味が通じないけど、それでも見られたらちょっと恥ずかしい。

念話は電話をしている感覚に近いから、つい手も動いてしまったようだ。

――……もうよい。して、どうしたのだ？

呆れを通り越して、諦めたような返事だった。

普通にしろって言ったのはソルなのに！

——ソルは地竜さんの居場所を知ってる？

どうしてドワーフ族が地竜を探しているのか気になるよね？

消える前に地竜と一緒に生活していたみたいだけど、前にソルから聞いた地竜はどちらかと言うと引き篭もりっぽい感じだったし。

——地竜か。わかるにはわかるが、なぜ知りたいのだ？

——知り合ったドワーフが、地竜さんの居場所を知りたがっていたから？

そう答えると、念話から深いため息が聞こえてきた。

そして、しばらく無言が続き、私が困惑していると、陛下と同じく、教えることはできないと言った。

——なんで？

——あやつがそう望んでいるからだ。特にドワーフ族には教えるなとな。

……地竜に嫌われるようなことを、ドワーフ族が過去にやらかしちゃったとか？

とは思っても、基本、聖獣は契約者とそれに関わるものにしか関心を持たないよね？

——地竜はかなり寝起きが悪く、地形を変えてしまうことが多い。

——はい？

突然ドワーフ族ではなく、地竜のことを語り始めるソル。

寝起きが悪くて地形を変えるという衝撃的な出だしから、さらに衝撃を受ける真実が語られる。

地竜は原竜《げんりゅう》の中で一番大きな体をしているらしい。

地上では生活しにくいこともあって、ほとんどを地中深く潜って眠っているんだって。

起きているときは魔法を使って周りに影響が出ないように移動したりするけど、眠っているときは魔法が使えず、精霊たちがフォローしているそうだ。

しかし、寝ぼけていると激しく寝返りを打ったり、地上と勘違いして起き上がったりして、精霊のフォローが追いつかない状況が発生する。その結果、巨体ゆえに地形が変わるほどの被害を与えちゃうそうだ。

また、その被害の事例が半端なかった。

その昔、冬が厳しく、普段なら雪が降らない地域にも積雪があったほど寒い日が続いたとき。

地竜は温もりを求めて、火山の地下で寝ることにした。

しかし、地竜が寝入ったあとに火山が大噴火を起こす。

噴火の音に驚いた地竜が地上に飛び出して大きな穴を開けてしまい、そこからも溶岩が溢れ出したそうだ。

だが、この噴火は自然現象ではなかったらしい。その一部始終を見ていた精霊がいた。

噴火の原因は、寝ぼけた地竜の尻尾が火山の側にあった地下水脈の壁を壊し、その水が溶岩に流れたことによる水蒸気爆発。

その後、しっかりと目を覚ました地竜が、地下水脈の壁を修復したので噴火は収束。溢れ出た溶岩はゆっくりと冷え固まり始めたため、そのまま放置。溶岩が固まると大きな穴はクレーターのようになり、そこに雨水が溜まって今では湖になっているらしい。

火山を噴火させる前は、寝ぼけて海まで突き抜けたこともあるそうだ。溺れると焦った地竜は、海底を押し上げて地上に出た。

それが、現在のジグ村がある付近なんだとか。

つまり、あの大きく突出した岬を作ったのが地竜で、レイティモ山の下にでも眠っていたのかもしれない。

ひょっとしたら、あの一風変わった洞窟《どうくつ》群や温泉があったのも、地竜の力が関係しているのかも？

——あやつが寝ぼけた状態になるのはドワーフ族が原因だ。あやつは一度眠るとなかなか目を覚まさないのだが、ドワーフ族の騒音で目を覚ましてしまう。

地竜は地中の深くで眠っているんだよね？　ドワーフ族が宴会を開いたところで、その声が届くとは思えないんだけど。

——あやつの本質が土地を育ててしまうゆえ、ドワーフ族が引き寄せられるのもわからんでもないが……。

地竜は地中にいるだけで、周辺の地質を良質にし、眠っている場所では鉱物をすくすく成長させる特性を持っているらしい。

驚くことに、大陸で流通している宝石の三割くらいが、この地竜が寝ていた場所で採れているものなんだとか。

その他は、神様が気まぐれに創ったであろう、再生する鉱脈から採れる。再生すると言っても、量が回復するまでに五十年以上かかるけど。

この再生する鉱脈は、国か信頼の置ける貴族が管理していて、我が国だとオリヴィエ姉ちゃんのところのワイズ領がそうだ。

――お主なら昼寝しているときに煩《わずら》わしい音が聞こえたらどうする？

地竜が育てた鉱物を採掘するために、ドワーフが魔法を使ったり、剣を鍛えるときの金槌の音などが、どうしても聞こえてしまい、地竜の安眠妨害になっているんだって。

――うーん、さわがしくなる前にパウルが排除してくれるだろうけど、うるさくて目が覚めたらとにかく不機嫌にはなると思う。

あれか。夜中に隣や真上の住人が歌ったり、友人連れてきてパーティーしたりして騒音やべぇって感じか。

人間ならクレームや通報って方法があるけど、地竜は黙って引っ越すタイプなのね。

――そんな煩わしい連中がどこまでもついてくるとしたら？

――それは嫌がらせを越えて犯罪です！

……あれ？　ドワーフ族って、地竜の集団ストーカーだったの⁉

――ドワーフ族が身を隠すようになって四季《よんき》、あやつはようやく静かに眠っているのだ。

ソルよ、その言い方だと地竜が亡くなっているように聞こえちゃうから！

――ドワーフがいなくなってから、地竜さんはずっと寝てるの？

――寝床を移動するときしか起きてないだろう。寝床の上に行けば、お主でも気配くらいはわかるやもしれん。

さすがに四百年ずっとは寝過ぎでは？

地竜がどれだけ大きいのか見てみたいけど、近寄るといろいろと危ない気もする。

地形を変えちゃう竜だし。後々、地竜を起こした不届き者って名前が残ったら嫌だし。

――そういえば、ドワーフ族に地竜さんが嫌がっているのを言ってもいいのかな？

――言うても問題ないだろう。知っているかもしれんがな。

嫌われているのを知っていても探すのなら、他種族には言えない深いわけがあるのかもしれない。また、知らないのであれば、お互いのためにも教えてあげるべきだと思う。

ストーカーはよくないしね。

私から伝えるとややこしくなるから、陛下に言ってもらおうかな。

ソルにお礼を言って念話を終えると、すぐに陛下にこのことを教える。

「そんな事情があったのか……。なおさら、定住しても安定した生活がおくれるようにしてやらないといけないね」

陛下はユーシェに視線をやり、何か言いたげな様子。

ひょっとしたら、ユーシェとカイディーテは地竜がドワーフ族を避けているのを知っていて、教えていなかったのかもしれない。

まぁ、陛下がドワーフと遭遇する可能性は低かっただろうし、地竜のプライベートな問題だからねぇ。誰や彼やに言うものでもないか。

「彼らにはへいかが教えてあげてね」

「難しいことをさらっと言ってくれるね」

　いやいや、陛下が伝える方がこじれなくてすむかなって。私みたいな子供に言われたら、この野郎って思っちゃうだろうし。

　それに、今は陛下の妹ってことになっているから、ソルに聞いたとは言えない。

「セリューにい様、おねが～い！」

　あざとく甘える妹キャラを演じてお願いしたら、陛下のツボにはまったようで、震えながら笑いを堪えている。

　ここまでわざとらしいお願いは、パパンにもやったことはない！

　そんなやり取りをしていると、魔物っ子たちが何やら騒がしい。

　みんなで白を取り囲んでいるようだが、白が何かしでかしたのかな？

　集まっているところを上から覗き込むと、白の体内に何かがあった。白よりも大きくて、尻尾らしきものがはみ出ている。尻尾らしきものがビッタンビッタンと地面を叩きつけていることから、まだ生きているようだ。

「お嬢様、いけません」

　パウルの声とともに、視界が手で塞がれた。そして、浮遊感。

　抱き上げられたのはわかったけど、なんで目を塞がれたんだろう？

「ハクが捕まえたのはバジリスクです。目が合うと石化しますので、直視しないでください」

なんと⁉

話には聞いていたバジリスク！　ぜひとも見てみたい！

しかし、過保護なパウルによって頭をがっつりホールドされているので、魔物っ子たちの方を向けない……。

「そうだ！　パウル、あれ出して！」

「あれ……ですか？」

「おねえ様が作った、キラキラを見るやつ！」

転移魔法陣が発動したときに現れるキラキラを見るために作ってもらったサングラスもどき。形はゴーグルだけど、色がついているのでサングラスにも使える。

キラキラを見るやつで理解したパウルは、私を森鬼に渡す。

「絶対にあちらを向かせるなよ」

今度は森鬼に頭を押さえられた！

ふむ……胸筋は森鬼の方がある気がする。

筋肉の感触を堪能し、パウルからサングラスもどきを受け取った。

いざ、装着‼

………み、見えない…………。

暗すぎて、輪郭《りんかく》くらいしか判別できない。

それにしてもこの形、どこかで見たことあるような？

平べったく丸みのあるフォルムと言えば、ヒラメ、カレイ……は煮物かバターソテーが美味しいよね。

「見えないから外してもいい？」

似たものを思い出そうとすればするほど、なぜか食べ物を連想してしまうので、どうにかして肉眼で確認したい。

「もう消化が始まっていますので、そのままの方がよいかと」

生き物を捕らえたとき、食事風景がとてつもなくワイルドなのは問題だよね。

見られないことはないけど、進んで見たいものでもない。

餌を捕るのは魔物の本能ということもあるが、私たちが与える餌だけでは物足りてないのだろう。

特に、白、グラーティア、稲穂はまだ子供だから、成長するのに栄養が必要な時期だし。

ご飯の回数、増やしてみるか。

「バジリスク、見てみたかったのに……」

地面に降ろしてもらい、しょんぼりと呟く。

わかったのは輪郭だけ。体の色や模様、顔つきとかを観察したい！　できれば触りたい！

でも、私は諦めない！　何かしら手があるはずだ‼

と、意気込んでいたら、おでこをふわりとしたものにくすぐられた。

視界不良だけど、この感触は知っている。カイディーテの尻尾の先！

「主、それを外せと地虎《ちこ》が言っているそうだ」

それってサングラスもどきだよね？

まぁ、つけておいた方がいいと言われても、この視界では逆に危険な気がしてきたのでとりあえず外した。

外したら外したで、眩しくて目が痛い。

明るさに慣れるまで目をぎゅっとつぶっていると、再びふわっと撫でられた。今度は目蓋の上だ。

「バジリスクと目が合っても石化しないよう魔法をかけたと」

森鬼のその言葉に、私は目をカッと開く。

眩しいよりも嬉しいが勝《まさ》り、私はカイディーテに突進する。

「ありがとう‼」

さすが聖獣様！　かゆいところに手が届く！　……なんか違うか？

「カイディーテもネフェルティマ嬢には甘くなるのだね」

私たちにはつれないのにと、陛下がカイディーテを見つめながら言う。

それを聞いたカイディーテはプイッと顔を背けてしまった。

すると、ユーシェがまるで私がいるでしょうと言っているかのごとく、陛下に甘え始める。

なんか、ずっとこんな感じだったんだろうなぁっていうのが伝わってくるね。

そんなほのぼの光景を尻目に、私はバジリスクを探す。

「うーん。白、その子はどこで見つけたの？」

白は器用にはみ出た尻尾を動かして、入ってきた扉の方向を差した。

「白、お外に出たの？」

白なら扉の下の隙間を通り抜けられると思うけど……。

単独行動は危ないと叱ろうとすると、尻尾が横に揺れた。違うよと言いたいのだろうか？

どうやら、尻尾で意思表示をするのが楽しくなったみたい。

だけど、そろそろモザイクが欲しくなるくらい消化されているので、質問するのはやめて、自力で探すとしよう。

とりあえず、尻尾で示された方向に行ってみる。

尻尾は茶色だったことから、バジリスクの体色は地面と似ていて、見落としている可能性もある。その点を注意し、じっくりと周辺を探し始めた。

そんな私の横を元気よく駆けていく稲穂。躍動《やくどう》する尻尾に目を奪われていると、塀の側でピョンピョン飛び跳ねだしたではないか。

私はピンときた！

「はっ！　稲穂、危ないから近よっちゃダメだよ！」

急いで稲穂のあとを追う。目が合ったら、魔物でも石化しちゃうから！

急いだけど、すでに稲穂の足下には茶色い物体があった。その物体の上には、黒い……グラーティア。

　どういう状況なんだ!?

「グラーティア、それどうしたの？」

　カチカチと牙を鳴らしながら、両前脚をフリフリ。グラーティアがご機嫌なときにする動作ではあるが……。

「グラーティア、眠らせたって！」

「後ろからかじったって！」

　いつの間にか側に来ていた星伍と陸星が通訳してくれた。

　そっかー、眠らせれば観察し放題だもんね！

　くっ、せっかくカイディーテに魔法をかけてもらったのに！

　まぁ、気持ちを切り替えていこう。途中で起きてしまう可能性だってあるのだから、安全対策は必須だよ。うん。

　その場にしゃがんで、眠っているバジリスクを上から観察してみる。

　頭から胴体にかけてほぼ楕円のような形をしていて、徐々に細くなり尻尾になっている。尻尾の長さは頭から胴体までと同じくらいかな？

　小さな鱗《うろこ》と目をつぶっていることから、トカゲに近い生き物のようだ。

　でも、体は平べったい。海の生き物や昆虫なら、身を隠すために平べったくなった生き物はたくさんいるけど、爬《は》虫類《ちゅうるい》となると思いつかない。

それに、背中の模様も独特だ。どう見ても、ミズクラゲの生殖腺と同じ。四つ葉のクローバーみたいで可愛いなぁ。

あと、超気になるのが、頭にある瘤《こぶ》みたいなやつ。某ゲームのキノコみたい……。

きのこと言えば、きのこのや……たけのこのさ……ツチノコ‼

さっきから見たことある気がしていたけど、ツチノコの形に似ているんだ‼

はぁぁぁ、スッキリ！

あ、でも、ツチノコって足はないんだっけ？

おそるおそる手を伸ばして、バジリスクをひっくり返してみた。

足はあるね。体の割にはちっちゃいあんよが八つも。

足の指は五本あって、人の手より開く角度が大きいみたい。

足先を指で触れてみると、指がきゅっと閉じた。眠っているだけだから、触れたものに反応したのかな？

ゆっくりと開く小さな手はとても愛らしい！　つい、もう一回って指が伸びちゃう。ちっちゃいお手てって、なんでこんなに可愛いんだろう？

お手てに満足し、微かに上下する腹部に目がいく。お腹は背中と色が違って白っぽく、ちょっと押してみると感触も柔らかい。

元に戻して背中を撫でると、少しザラつきがあるけど思っていたより柔らかかった。お腹ほどではないにしろ、鱗の感触はしっかりあるのに柔らかいって鱗の意味はあるのか？

グラーティアの牙が通るくらいなので、その防御力はお察しだ。

もしかして、某キノコも柔らかいのだろうか？

ドキドキしながら頭の瘤に触れる。……硬いね。

なんでここだけ硬いの？　頭を守るため??

あとは石化させる目を確認したかったけど、眠っているのを無理やりこじ開けるのは気が引けるので次の機会に取っておこう。

「この子……」

「カーナお嬢様にも危険がおよびますから、お持ち帰りは駄目ですよ」

うちの子にするなんて一言も言っていないのに、パウルから却下された。

石化持ちの子を飼うことが無理なのは、私にもわかるよ！

「眠らせたまま放置するのはよくないって思っただけなのに……」

塀の内側なら外敵はいないと思うけど、スライムなら関係ないとわかったし、安全な場所で解放してあげたい。

「私の早とちりでしたね。申し訳ございません」

まぁ、私に前科がたくさん……はないわ！

うっかり名前を付けちゃったの、森鬼とアリさんだけだよね？

グラーティアは名前を付けるとああなるって知らなかったし、他も不可抗力というか、気づけば名付ける流れになっていた。

「そういうことでしたら、ドワーフ族の方に預けるのがよろしいかと」

それしかないかぁ。預けるにしても確認してからでないと、害獣扱いされてサクッとヤられたら可哀想だ。

私がそうだねと同意すると、パウルはどこからともなく袋を出してきてバジリスクを詰め込む。

本当にすまんと、心の中でバジリスクに謝っておく。

ちょうど、旅支度を終えてやってきた茶髪の少年に、パウルが事情を説明してバジリスクの入った袋を渡した。

「この子、殺したりしない？」

「え……あぁ。バジリスクとダムダは巣の山で放し飼いにしているようなものなので、大丈夫ですよ」

詳しく聞いてみると、対侵入者用の対策として、昼行性のバジリスク、夜行性のダムダを放しているそうだ。

バジリスクとダムダは人を襲うような凶暴性はないものの、うっかり目が合うだけで石化してしまうので、ある程度の抑止力になるらしい。

ちなみに、ドワーフ族は石化が効かないので、彼らにとってはバジリスクもただのトカゲ扱い。

「じゃあ、これを弟に預けてきますね」

茶髪の少年が弟さんらしき子供のもとへ走る。歳が離れていないのか、茶髪の少年と同じくらいの背格好の男の子に袋を渡すのが見えた。

しばらくして、先ほどのメンバーが揃うと、入口の扉のところで大勢にお見送りされる。

私たちではなく、少年たちを見送っているんだけどね。

あとはこの森を抜けて帰るわけだが、陛下、あのこといつ言うの？

6 ドワーフ族の真実。後編

森の中。私はユーシェの上に乗せられている。

最初は頑張って歩いていたんだけど、やっぱり一番最初に脱落。遅れる原因になってしまうため、大人しくユーシェのお世話になった。

少年たちもきついんじゃないかなぁって、チラチラ様子を見ているんだけど、平気な顔でついてきている。

ドワーフという種族は獣人みたいに体力が高いのかな？

「お姫さん、どうかしたか？」

私のチラ見が気になったのか、ラグヴィズ少年が声をかけてきた。

「みんな疲れていないのかなって。私も自分で歩きたかったなぁ……」

「お姫さんはまだ子供なんだし、無理して大人に合わせることはないだろ？」

まるで自分は大人であるかの言いように、私は首を傾げた。

「貴方たちも子どもでしょう？」

私より歳が上とはいえ、彼らがついていけるのは凄いことだと思う。

私がそう言うと、ラグヴィズ少年はポカンとしたあと、大きな声で笑い出した。

「僕たちドワーフ族の男は、これで大人なんだよ」

「これでって……十歳くらいにしか見えないよ？」

「まぁ、理由は知らないけど、これ以上大きくなることはない」

なんですと‼

年齢は二十五歳だと言うラグヴィズ少年。その子供らしいプリプリお肌が二十五歳だと⁉

見た目はどう見ても子供。これで生物学的に体が成熟しているってことは……エルフのように老化が止まっているってこと？

いや、ドワーフの村にはおじいちゃんもいたし、それにあのお兄さんはちゃんと成長しているよ⁉

「えっ、でも、あっちのおにいさんは？」

「僕の嫁」

……よめ？　お嫁さん、妻って意味の嫁⁉　ってことは、女性‼

めっちゃ男の人にしか見えないんですけど！　確か、名前はエレルーンさんだったかな？

名前を聞いても女性だと思わなかったのは、男の子に女性の名前をつけると健康に育つとか、その手の風習だと思ったんだよね。性別とは逆の服装をさせる的なやつ。

ラグヴィズ少年もとい、ラグヴィズ青年のお嫁さんのエレルーンさんをしっかりと観察してみる。

身長はパウルより低い。でも、警衛隊の隊員に同じくらいの人がいるので、男性とさほど変わらないと言っていいだろう。

体を鍛えているパウルや隊員さんと比べるとどうしても華奢に見えてしまうが、胸の膨らみも腰のくびれもわからない。男性が着るような服装をしているから、正確でない可能性があるとしても、女性的な要素は見当たらないように感じる。

しいて言えば、顔が小さいくらいか。

男装の麗人といえばヘリオス伯爵だが、彼女は某歌劇団の男役のように、男性的な格好よさがありつつも、女性的な美しさを併せ持つ。

かといって、テオさんのような中性的な感じとも違い、ラグヴィズ青年のお嫁さんは誰が見ても男性と答える男らしさがあるのだ。

「僕たちドワーフの男を子供と勘違いする奴は多いよ。それで、変な奴に狙われることも多かった」

「あー、へんたいさん！」

お稚児さん趣味ってやつですねー。

声を大にして言えないが、我がガシェ王国でもそういう趣味の貴族がいるという噂はある。

ドワーフが隠れ住むようになる前は、孤児と間違われて誘拐されることも多々あったそうだ。

それで、外に用事があるときは、ドワーフ族の女性が人間の男のふりをしていくようになったのだとか。確かに、その方がトラブルは少ないだろう。

「子どもの姿で知能は大人って、りっぱな武器ね！」

国民的名探偵みたいなフレーズだが、小さいことはいいことだ！

「武器？」

「基本、大人は子どもに優しいの。だから、それを利用するのよ。上手くすれば、お願いだって聞いてくれるし、油断もさそえるわ！」

「へぇ、お姫さんはそうやって周りの大人を手玉に取っているってわけか」

手玉って……人を悪女のように言うのはやめてくれ。私は常に、純粋にお願いをしているのだよ！

だけど、ママンのような大人の女性には憧れる。パパンを手のひらの上でコロコロする手腕は見習いたいものだ。

私には無理かもしれないが、マーリエに伝授できれば最強のお嬢様になるに違いない！

でも、ダオの前では初心《うぶ》でぴゅあぴゅあなマーリエでいて欲しい。そのギャップにコロリと完全ノックアウト間違いなし！

「ふっふっふっ。かわいいは正義なのよ！」

「可愛いねぇ……。だけど、子供のような言動をするのはちょっとね。精神的にくるものがある」

気持ちはわからなくもない。私も通ってきた道だしね。

「なんでー？　面白そうだからやってよ！　エレも見てみたいよね、ラグの子供っぽい姿」

突然会話に割り込んできたのは、エレルーンさんではない方の女性。見た目は美青年だけど。

彼女はフラールさんといって、バジリスクを預かってくれた茶髪の彼の奥様なんだって。

凄く明るくてひょうきんな感じだけど、見た目が見た目なのでチャラ男になってしまっている。

「私は……」

「僕の嫁をエルと呼んでいいのは僕だけだから。それと、ヴィズと呼んでいいのもエルだけだ」

エレルーンさんがフラールさんに答えようとしたら、それを遮《さえぎ》ってラグヴィズ青年が割り込んできた。

脈絡もなしに牽制《けんせい》してきているけど、さすがに私も本人の承諾なしに愛称を呼んだりはしないよ。

「子供の頃のヴィズはとても可愛かったからね。私はどんなヴィズも好きだよ」

私は呆れた視線をラグヴィズに向けていたが、エレルーンさんは夫の独占欲に対してさらりと惚気《のろけ》てみせた。

お嫁さんが二人、夫についていくことを選ぶくらいだから、ドワーフ族は伴侶を大切にする種族のようだ。

一夫一妻制で死別するまで一緒っていう種族は獣人の一部だけじゃなかったのか。

「愛称が別なのはドワーフ族の習かんなんですか？」

フラールさんにこっそり聞くと、あそこまでやるのはラグヴィズ青年くらいだけだと返ってくる。

ラブラブ夫婦はそこそこ見てきたけど、愛称まで独占するカップルは初めてだな。

「ラグは大人になったらすぐにエレを口説いたんだよ！　エレはまだ大人になっていなかったの

に、凄いよねー」

「ドワーフ族の大人は何歳から？」

ラグヴィズ青年の方が先に大人になったのなら、エレルーンさんは年下ということになる。

「人は歳が決まっているんだっけ？　ぼくたちはね、ある日わかるようになるんだ」

フラールさんの説明によると、何歳になったから成人というようなことはなく、心身ともに成熟すると大人になったと判断されるそうだ。

その判断もやや曖昧《あいまい》で、本人がそう感じたと言えばそれで大人なんだって。

「フラールさんはどんな感じがしたんですか？」

「ぼくはねー、こいつなら抱かれてもいいって思ったのがきっかけだったんだ」

それって発情期が来たってこと？

動物の世界でなら、子を成せる準備ができたら発情期が来るわけで。考えてみたら、雄より雌の体格の方がいいなんてことも生き物の中では珍しくなかったね。

「ラグヴィズさんはいつ大人になったって思ったの？」

「お姫さんにさん付けで呼ばれるのは畏《おそ》れ多いから、呼び捨てでいいよ」

本当は皇女じゃないけど、お言葉に甘えることにする。

「僕は十二になったくらいだったと思う。エルを嫁にしたいって、突然思い立ったんだ。それから、承諾がもらえるまで、一巡くらいずっと嫁になって欲しいってお願いし続けたなぁ」

当時を思い出しているのか、ラグヴィズの顔が緩んでいる。

惚気が続きそうだったので、より詳しくドワーフについて質問することにした。

ドワーフ族の男性はだいたい十四歳くらいで大人になり、女性は十六歳くらいだそうだ。

つまり、ラグヴィズは大人になるのが早い方だったわけだ。

女性も大人にならないと恋愛感情が湧かないとのことで、やっぱり発情期みたいだなって思った。

しかも、面白いことに、ドワーフ族は他の種族に惹かれないんだって！

ドワーフ族の男性は人間やエルフの女性を見ても恋愛対象だと感じないし、男性を見ても男だなとしか思わない。ドワーフ族の女性も、人間やエルフの男性を見ても何も感じないそうだ。

他の種族との交わりを嫌う種族もいるけれど、それでも種族を越えた恋愛は多々あるのに。

「本当なのかわからないけど、他の種族とは子ができにくく、できたとしてもドワーフ族の特徴は現れないって、昔からぼくたちの流《ながれ》では言われているんだ」

ドワーフ族の特徴。男性は魅惑のショタっ子で、女性が男前女子……だと姉御っぽいから、ハンサム女子？

エレルーンさんたちは女子と言うよりも、奥様か妻が正しいのだが……。そうか、ハンサム女房！　女房の方が職人の奥さんって感じがするし、それになんか語感もいい。

じゃあ、やっぱり未婚のドワーフ女性はハンサム女子か。

私が外見的な特徴を表すのにいい表現はないものかと考え込んでいると、ラグヴィズがそれだけではないと教えてくれた。

「昔いた、人との間に生まれた子は、鍛冶仕事にも、鉱物にも興味を示さず、何より魔法も使えなかったらしい」

ドワーフ族の男性は土の魔法に優《すぐ》れ、女性は火の魔法に優れているそうだ。

人間は魔法を使えない者がそこそこ生まれる。ドワーフは、ドワーフ同士であれば魔法を使えない子は生まれないらしい。羨ましい限りだ。

「僕は土と火、二属性の上級だよ。まぁ、僕の嫁は火だけでなく、風の使い方がとにかく上手い。あれは芸術の域だね。何度見ても惚れ直す」

凄いだろうと、自慢げなラグヴィズ。

確かに、二属性ともに上級まで使えるのは凄い。凄いけど、私のお兄ちゃんも風と水の二属性持ちで上級だし。なんなら、治癒魔法も使えちゃいますし！　と、心の中でお兄ちゃんを引き合いに出し、対抗してみる。

チートはいいよ。周りにいっぱいいるからね。いっぱいいたらチートじゃないだろって思うけど、ただ私の周りが偏《かたよ》っているだけだから。私の周りがおかしいんだよ。

神様がお気に入りに気前よく、チート級の力を与えちゃうのもどうかと思うよね。二物も三物も与えるのはよくない！

チートかリア充か、どちらかだけでいいじゃん！

ラグヴィズが僕の嫁を連呼するから、エレルーンさんの名前が嫁になりそうだよ‼

落ち着け、私。夫婦がラブラブで仲良しなのはいいことだ。

パパンとママンも、お家でなら軽くスキンシップを取っていちゃついている。子供たちがいようがお構いなしでちょっと恥ずかしいときもあるが、両親の仲がいいと私も嬉しく感じるし。

陛下と皇后様は、一緒にいるところをあまり見ないけど、相手がいないときでも思いやる言葉というか、惚気がよく出ているのでラブラブ度が高いことは伝わってくる。

……私の周り、リア充も多過ぎだから！

ドワーフのことで盛り上がっていたら、あっという間に野宿のお時間がやってきた。

みんながテキパキと準備をする中、ドワーフのみなさんは盛り土を作っている。

「ラグヴィじゅ……あ、ごめん」

あの盛り土のことを聞こうと声をかけたら、名前をちゃんと言えなかった。

濁点の連続って、舌が上手く動かせなくて言いにくいんだよね。昔と比べると、だいぶマシになった方だけど。

「可愛らしい言い間違いだな」

笑って許してくれるのはありがたいが、なぜ頭を撫でる？

「口が達者だと思っていたけど、子供らしくていいと思うよ」

私は子供らしくないって思われていたの？　中身がこれだから、子供っぽくないと言われれば子供っぽくないのか……。

こちらに来てから精神年齢が後退している気がしていたけど、隠しきれない知性が溢れ出ているのかもしれない！

「ラグヴィズ！　ほら、ちゃんと言えた！」

ちゃんと名前を言うことに成功したら、今度はエレルーンさんに偉い偉いと褒められた。

めっちゃ子供扱いされているけど、まぁいい。

それよりもだ。私は聞きたいことがあるのだ！

「それってお家じゃないの？」

ドワーフの村……彼らが巣の山って呼んでいる塀の中にたくさんあった盛り土。その中からわらわらとドワーフたちが出てきたから、お家だと思ったけど違うのかな。

「そうだよー。この下に部屋があってね、凄く快適なんだ」

地下にお家を作るのは、家族を守るためだそうだ。入口は木の板の扉で自由に出入りできるけど、魔物が襲ってきたりしたときは、入口を土の魔法で塞いで中に入ってこないようにする。それに、部屋自体は地下にあるから壊されることはないし、隣のお家と繋げたりもできるらしい。

土の魔法を使っているから、作るのも簡単、部屋を広げるのも簡単。定期的に移動する生活をしているドワーフ族ならではのお家と言える。

盛り土を一周しようと裏側に行ってみると、変なきのこが生えていた。私の手のひらくらいある大きなきのこだなぁって観察してたら、換気用の穴だった。穴に十字型の格子があって、格子の真ん中からきのこ状の傘が広がっている。

普通に虫とか雨とか入りそうだけど、傘の意味あるのかな？

そんな不思議なきのこ型換気口がいくつかあるだけで、目を引くものは他になかった。

入口に戻り、中を覗いてみても階段しか見えない。奥の方が見えなくてがっかりしていたら、フラールさんがお家見学に誘ってくれた。

「中に入ってみる？」

「みる！」

「足元、気をつけてねー」

そう言って、フラールさんが火の魔法で足元を照らしてくれる。

これで奥まで見えるようになったけど、階段の勾配《こうばい》が急なので、一歩一歩ゆっくりと下りていく。

下りた先は半円状の大きな部屋で、もう一つ部屋があるのか穴が空いていた。

「この部屋は男どもが雑魚《ざこ》寝する用で、ぼくたちはあっちの部屋で寝るつもり」

そちらの部屋も覗かせてもらったけど、ベッドのような台が二つあった。触ってみても固い。この上に寝たら体が痛くなりそう。

「この上で寝るの？」

「そうだよ。今は固めているけど、魔法を使えば……ほら、この通り！」

固かった台が粘土みたいになった。ちょっと押すだけで指の跡がつくね。低反発のマットレスみたいだ！

これなら、寝袋と併用すれば体が痛くなることもなさそう。

「どうだ、お姫さん。巣の中は意外と居心地いいだろ？」

ラグヴィズたちも下りてきて、ささっと魔法で寝床の準備を始めた。他にも、テーブルや椅子といった家具も魔法ですぐに作れるらしい。

今回は外で夕食を食べるので、寝る準備だけしかやらないみたい。ちょっと残念。魔法でいろいろ作るところを見てみたかった。

それにしてもこの魔法、ぜひともキャンプするときに使いたい。パウルが覚えてくれないかなあ。

「お姫さんも巣で寝てみるか？　部屋ならすぐに増やせるしな」

「いいの‼　寝たい！　カイディーテもいっしょにいい？」

「もちろん、聖獣様が承諾すればだけど」

よし、今すぐカイディーテを誘いにいこう。

階段は、手も使って四つん這いで上る。急ぐときはこの方法が安全なのだ！

パンパンと手についた砂をはらい、葉っぱの上に寝そべっているカイディーテのもとへ走る。

「カイディーテ、あの中でいっしょに寝よう？」

しかし、カイディーテは興味ないのか、フンッと鼻息を吐き、葉っぱが数枚舞った。

狭い空間が嫌なのか、それとも地竜と同じく、ドワーフにいい感情を持っていないのかわからないが、そこをなんとかお願いしますと頼み込む。

「ヒィーーーン……ブブブッ‼」

いつもよりも甲高いユーシェの鳴き声が響いた。

耳を後ろに伏せ、心なしか目も据《す》わっているように感じる。これでもかっていうくらい不機嫌なのがひしひしと伝わってきた。

「ユーシェ？」

「カイディーテばかりずるいと。自分が一緒に寝ると言っているが、それはできないから我慢しておくれ」

よしよしとユーシェの首を撫でて宥《なだ》める陛下。

この野宿において、ユーシェは陛下のベッド代わりになっているし、ユーシェがいるから警衛隊の人数も最小限にできているのだ。

宮殿にいるときのように、ほいほいと陛下の側を離れるわけにはいかない。

陛下がユーシェを説得するが、ユーシェは納得いかないのか、陛下の頭に噛みつく素振りを見せる。

本気じゃないと思うけど、見ているこっちはヒヤッとするからやめてくれ。

「私がネフェルティマ……と一緒にあの中で寝るのも問題があってだな……」

私の名前のあとに間があったのは、いつものように『嬢』をつけそうになったのかな？

それよりも、陛下と一緒に寝るなんて……畏れ多いし、不敬になりそうだし、私も遠慮したいな。

とりあえず、寝るまではユーシェと一緒にいるからと許してもらい、次はカイディーテの説得だと振り返ると、なぜかパウルがカイディーテに話しかけていた。

「そういうわけですので、お願い申し上げます」

何をお願いしたのかは聞こえなかったけど、パウルが頭を下げているってことは私のことかも？

気になったので、パウルに声をかけようとする前にあちらが気づき、事の次第を説明してくれた。

「ネマお嬢様に安全にお休みいただくために、聖獣様へ添い寝いただけるようお願いしておりました」

何かあったとき、私のような非戦闘員は閉ざされた空間にいてくれた方が守る側としては楽だと。それに、地下ならカイディーテの力で外部と完全に遮断できるし、もしドワーフが襲ってきたとしても森鬼も一緒につけておけば未然に防げるって。

私の安全のためだからとお願いされれば、カイディーテも否とは言えないようで、渋々とぐぅって低い声で鳴いた。

何がそんなに嫌なんだろう？　あとでこっそり聞いてみようかな。

そんなこんなしているうちに、夕食の準備もすでに終わっていた。

警衛隊員のみなさんが、せっせと大皿を転移魔法陣から運んで並べていたことすら気づかなかったよ。

夕食は昨日に比べて豪華さが上がっている。

ドワーフがいるからだとしても、客人をもてなす料理っていうより帝国の権威を示すための見栄って感じがする。

まぁ、美味しければなんだってかまわないんだけど。

夕食もつつがなく、デザートまでペロリといただいたところで思い出した。

陛下、地竜のことまだ言っていないよね？

チラチラと陛下を盗み見るも、言い出しそうな気配はない。

食後には、私と一緒にユーシェと遊び出すくらいだ。なので、こっそりと聞いてみる。

「地竜のこと、いつ言うんですか？」

「ネフェルティマ嬢、繊細な問題は慎重に時機を窺《うかが》わねばならないのだよ」

凄くもっともらしいことを言っているけど、結局は言っちゃうと気まずい空気になりそうだからギリギリまで延ばしたいってことだよね？

「それとも、ネフェルティマ嬢が伝えるかい？」

「無理です！」

私の場合、つい容赦なくスパッと言っちゃって、ラグヴィズが致命的ダメージを負うのが目に見える。

傷つけず、誤解させず、でもマイルドに伝える話術は、残念ながらまだ持ち合わせていない。

これ以上突くと私に回ってきそうなので、しれっと話題を変えよう。

「ブルルッ‼」

ちょうどいいタイミングでユーシェの遊べアピールも入り、その後、地竜の話題は触れられることはなかった。

◆　◆　◆

ユーシェといっぱい遊んでいると、すぐに寝るお時間がやってきた。

ドワーフの巣の入口は小さく、陸星が尻尾を緩く振りながら中を覗く。好奇心が抑えられない陸星が階段を下り始めようとするのを止めて、森鬼に抱っこしてもらいなさいと言い聞かす。あの勾配だと危ないからね。

カイディーテは入口からではなく、たぶん地中から入ってくるつもりなんだと思う。

とりあえず、私が先に中に入り、森鬼が陸星を抱えてあとに続いた。森鬼は身をかがめて階段を下りないと頭がぶつかりそうだなぁ……。

頭の角が壁に突き刺さった森鬼を想像してしまい、吹き出したのは不可抗力である。

先ほどのように一歩一歩階段を下りていると、さっきまではなかった手すりがあることに気がついた。

「お姫さん、ちゃんと手すりを使って下りてこい」

わざわざ私のために作ってくれたのか！

両手で手すりを持つと体が横向きになっちゃうけど、安定感はとても増した。それでも一歩ずつ下りないと転げ落ちる自信がある。

一番下まで到着すれば、そこはかとない達成感が得られるのはなぜだろう？

「そのでかいのは、お姫さんの護衛か？」

「そうよ。森鬼って言うの。すい族のじゅう人なんだけど……」

觜《すい》族は数の少ない珍しい種族らしいので、ドワーフが知らない可能性もあることに気づいて尻すぼみになった。

そしてやっぱり、聞いたことないと言われてしまう。

「知らなくても無理はない。俺の種族もドワーフ族と同じように隠れているからな」

嘘を吐く性格ではない森鬼が、滑らかに嘘を口にする背景にはママンが関わっている。私が眠っている間に、獣人設定をずいぶん叩き込まれたらしい。

そんな鍛えられた森鬼の嘘をドワーフたちは疑うことなく受け入れてくれた。

ラグヴィズたちは大陸中を転々としているから、隠れた村や集落にうっかり遭遇することもあって慣れているのかもしれない。

「お前さんの寝台は必要か？」

「いや、これがある」

そう言って森鬼はハンモックを見せる。

ラグヴィズたちがいるため、海は馬バージョンのままでいるようパウルに言いつけられており、今夜のハンモック使用権は森鬼が手にしたのだ。

そして、可哀想な子がもう一匹。そう、稲穂だ。稲穂もラグヴィズたちがいるためにショルダーバッグから出ることが許されず、寝るときは海の体に隠れるようにしなさいと言われていた。

「へぇ、ラカルパの吊床《つりどこ》か」

どこの国のお土産だったか忘れたけど、吊床って言うのか。ジーン兄ちゃんから説明されているはずだが、あのときはいろいろあったからすっかり抜け落ちている。

「じゃあ、吊り下げる杭を作ってやるよ」

ラグヴィズが私たち用に増設した穴に入っていき、森鬼にどこの場所がいいか聞いてささっと作ってしまった。

柱が植物のようにニョキニョキっと一本生えてきて、その柱と壁に枝みたくL字型のフックが出現する。

「すごい！」

無詠唱の魔法はお兄ちゃんやお姉ちゃんで見慣れているけど、土魔法は形が残るからまた別の感動があるね。

森鬼の寝床が整ったところで、穴の壁からカイディーテが現れた。

ラグヴィズがいなくなってから出てくるって、やっぱり避けているのかな？

「カイディーテはドワーフたちがきらいなの？」

穴の向こうにいるラグヴィズたちに聞こえないよう小さな声で聞いてみた。

「ガルルルゥ」

不機嫌とまではいかないけれど、なんかうんざりしているような感じ？

「カイディーテはなんて？」

「……地竜のように執着されたくないから近づかないようにしているそうだ」

あ、納得！　目をつけられないように避けていたってことね。

地竜にもカイディーテにも、ここまで避けられるドワーフたちはある意味凄いわ。

疑問が解決したところで、私の寝床の準備に取りかかる。

とは言っても、森鬼が運んでくれた寝袋を敷くだけだけど。

「ガウッ」

「今から寝る場所を作ると」

フラールさんが見せてくれた寝台みたいなのを出してくれるのかなっと思ったら、床が砂場になった。

確かに、硬い地面で寝るよりは砂場の方が寝やすいのかもしれないけど……。

私が困惑していると、森鬼が砂の上に寝転べと言う。

半信半疑のまま、言われた通りに寝転がってみると、サーッという音とともに砂が動き始めた。

さらに不思議なのが、砂が肌に当たるにもかかわらず、服の中にまったく入ってこない。

ゆっくりと体が沈み、あとは頭だけになると沈み込みが止まった。

これは……砂浜で体を埋められたのと同じ状態なのでは？

砂の重みはほどよいけど、問題は体を動かせるかどうかだ。

試しにもぞもぞと寝返りするように動くと、想像していたような抵抗感がない。布団の中で寝返りを打つよりも楽かもしれない。

　砂浜や砂風呂のように蒸すわけでもなく、寝るのにちょうどよい温度になっている。

　これはまさに……。

「砂のおふとんだー‼」

　雫《しずく》のふよふよ感とも、ユーシェやサチェのぽよぽよ感とも違う、新たな感触はなかなか乙なものだ。

　砂時計が落ちるときのようなサラサラ感、肌を傷つけるような砂ではなく、クッションの中身に使われるマイクロビーズのような滑らかさがある。

　肌に触れる感覚も撫でられているようで気持ちいいよ。

「ワンワンッ‼」

　砂のお布団の気持ちよさに恍惚《こうこつ》としていたら、陸星が私の顔の周りのにおいを嗅ぎ、突然止まったと思ったら、一心不乱に穴を掘り始めた。

　ザッザッザッと砂が掻き出される音が続き、どこまで穴を掘るのだろうと見守っていると、陸星の体が半分以上埋まる深さで満足したようだ。

　穴の中をくるくると回り、ドカッと体を横たえた。

　陸星も寝床の準備を終えたので、みんなにお休みの挨拶をする。

「優しき夜に安らぎを」

「グルルルゥ」

　おでこにカイディーテの毛並みを感じる。ぽふぽふとした動きが手でポンポンされているようで嬉しい。

ちなみに、カイディーテのおっぱいを思い出したのは、朝起きてからだった。

私が起きたとわかると、カイディーテはすぐ地中に潜ってしまったので、私の邪《よこしま》な思考がダダ漏れしたっぽい。

閑話　ドワーフ族の苦難。　視点：ラグヴィズ

今の場所に巣の山を作り、居着いてから二巡くらい経つので、そろそろ別の土地に移動しようかという話があがり始めた。

僕たちドワーフはその昔、人の強欲さに嫌気がさして表舞台から姿を消した種族だ。

それ以降、流《ながれ》と呼ばれる集団をいくつか組み、大陸中を移動している。

一つの場所には二、三巡しかおらず、どんなに長くても五巡以内に次の場所へ移るのが習わしだ。

そんなとき、世話になっている行商エルフが、僕たちの巣の山にやってきた。

表舞台から姿を消したとはいえ、関係を絶っているのは人だけで、エルフ族やエルフを通して獣人たちとはいまだ交流を持っている。

風の色を持つジュダ族の青年が率いる行商エルフたちは、他の流や獣人の村から仕入れたものを広げて、即席の店を次々と作っていく。

「あれは陶製《とうせい》流の作ったものか？　それとも、陶器流？」

「陶器流だよ。美しい色合いが見事だと思わないかい？」

彼が言う通り、今までに見たことのない鮮やかな赤い色が目を惹く。

鮮やかな赤を出すのは難しいと聞いていたが、成功したのか。

「新しい釉薬《うわぐすり》の配合が上手くいったとあちらの長が言っていたから、これから新しい色も増えるかもしれないね」

陶器流は陶製流から分かれた集団だ。陶製流の中でも華やかな色づけが得意な者たちが中心になってできた。

当初の集団は、僕たちの野鍛冶《のかじ》流、武具流、陶製流、築造流の四つだったが、野鍛冶流から農《のう》鍛冶《かじ》流が、武具流から得物《えもの》流が分かれ、陶器流と合わせて七つの流がある。

新しい流は若い者たちが先導しており、次々と様々なことに挑戦している。

それに比べ、最初にできた流は昔ながらのやり方にこだわる者が多く、特にじじいどもが頑固で困る。長である僕の言うことですら、自分より若いからと聞きやしない。

冒険者向けに軽くて持ち運びしやすい鍋を作ったときも、強度が足りないだの持ち手が使いづらいだの文句ばかり言っていた。

強度を上げて長く使ってもらいたい、使い勝手のいいものにしたいという気持ちはわかるが、冒険者にとっては荷物が小さく軽くなることはいいことだし、ほどよい期間で買い直してもらう方がこちらの利にもなるというのに。

この流が嫌いとまでは言わないが、いろいろなことに挑戦できる新しい流が羨ましい。

「そういえば、そろそろ移動する時期じゃないか？　次の場所は決まったのか？」

「まだ確定ではないが、北の方に行こうかと考えている」

「北……精霊宮は越えない方がよいかもね。ガシェ王国のディルタに得物流がいるから」

「珍しいな。武具流とかぶるのを避けていたのに」

今、武具流はガシェ王国のワイズ方面にいるはずだ。

流が同じ国にいることはままあるが、分かれた流が元の流と同じ国に留まることは避けていた。

「それが、どうもきな臭い東の方を避けるために移動したらしい。そのせいか、得物流からしばらく依頼は持ってこないでくれと言われたよ」

東の方なら、イクゥ国の東部かイロンガネ地方だな。あの辺りは干ばつが起きたと聞いていたが、暴動でも起きたのか？

だとしたら移動するのもわかるが、依頼はなぜだ？

「……君たちを通さずに、他所《よそ》から依頼を受けたということか？」

得物流が依頼を受けないということは、作ることができる者全員に個別の依頼が入ったか、一度に大量の数を頼まれたか。

いくら人との関わりを絶っているとはいえ、個人的な依頼ならその人物を見極めてから受けることもある。

とはいえ、武器関係は見極める目も厳しいので、全員が埋まるほどの依頼を受けるとは思えない。

「少なくとも、エルフ族が関わっていないことは断言できる」

昔の誓約《せいやく》のせいで、エルフ族はドワーフ族に関することは口外できないからな。

自分たちで調べるしかないか。

「わかった。情報、感謝する」

行商エルフたちは、僕たちが作った調理具や日用品を買い込んで去っていった。

僕はじいどもに行商エルフから聞いた話を告げ、相談した。得物流が人に大量の武器を与えている可能性があると。

国や種族が起こす大きな争いには一つたりとも武器を与えない。それが、ドワーフ族の絶対に守らなければならない掟だ。

流が違うとしても、同胞がそれを破ったとなれば、あの大きな争いのときに各地を転々とすることを決断した先祖やそれを守り続けた先祖に申し訳がたたない。


とりあえず、他の流から詳しい話を聞こうと手紙を送った。

武具流からの返事には、得物流に一番近いから調べてみると書かれていた。陶製流からは初耳だということで、詳しい話が聞きたいと。築造流、農鍛冶流、陶器流からは返事が来なかった。

築造流はなんと言うか、変わり者が多い。手紙に気づいていないか、手紙をやり取りする転移魔法陣をなくした可能性もある。

過去何度も連絡が途絶えたと思ったら、前触れもなく築造流の者が現れて『転移魔法陣をなくしちゃった』と悪びれもなく言う、なんてことがあったから。

しかし、農鍛冶流と陶器流が返事をよこさないのはおかしい。

武具流と陶製流とやり取りを続けながら移動の準備をしていた日の夜。

巣の山が襲撃を受けた。

襲撃者は顔を隠しており、さらに闇夜に紛れてやってきたため、正体はわからなかったが、応戦した感じだと人だった。

どさくさに紛れて回収した武器も、人の手で作られたもので間違いない。

荷物はまとめ終わっていたこともあり、すぐに巣の山を捨てて逃げた。もちろん襲撃者たちが追ってくることを想定して、たんまりと罠を用意しておいた。

物作りの印象が強く、襲撃者は僕たちドワーフが戦えるとは思っていなかったのかもしれない。

鍛冶に必要なのは体力と精密な魔力制御。ドワーフは男だけではなく、女も鍛冶に携わる。

そして、幼い頃から体力作りと魔力制御を叩き込まれるので、子供たちもじじばばどもも逃げるぶんには足手まといにはならない。

現に、逃げる途中で子供たちは楽しそうに罠を設置していたし、じじばばどもが考えるものはかなりの殺傷能力を持っていた。

「ラグヴィズ、精霊宮の近くまで向かおう。うまくすれば聖獣様の護りが得られる」

ライナス帝国は代々、聖獣の契約者が皇帝となる。そのため、皇帝の害になる存在を感知すれば排除する。

襲撃者たちが皇帝の害になると判断されれば、僕たちが助かる可能性は高い。そのためには精霊が多くいる場所の方がよいということだ。

じじいの助言を受け入れ、僕たちは精霊宮に向かうことにした。

上手く逃げ切れたのか追撃はなかったけど、気になることがある。

奴らは装備から見ても山賊の類《たぐい》ではない。あの襲撃が偶然でないとしたら、どうやって巣の山の場所を知ったのか？

考えられるのは二つ。あちら側に精霊術師がいる、もしくは同族が裏切ったかだ。

裏切ったとしたら得物流と言いたいところだが、返事のない農鍛冶流と陶器流も十分怪しい。

それもあって、精霊宮の周辺を念入りに調べながら、大きな巣の山は作らず、いつでも逃げ出せるような生活をすることになった。

じじいどもと何度も相談を重ね、他の流との連絡を絶つことにした。一応、武具流と陶製流には襲撃の件と身を潜めることは教えたけど。

◆◆◆

数日で移動する生活を半巡ほど続け、ようやく望ましい土地を見つけることができた。

周辺にはダムダとバジリスクといった石化を持つ小型の魔物が生息してるため、人もそうそう入ってこないような場所だ。

ドワーフに石化は効かないし、なんならダムダとバジリスクを手懐けることもできる。防衛手段として、巣の山で放し飼いにしてもいいかもしれない。

巣の山を作り終えると、その周囲を土塀で囲った。いつもなら柵で十分なのだが、今回は安全を優先する。

塀は高すぎると余計に目立つので、視界を遮れるほどの高さにし、よじ登ることができないよう塀の上に罠を仕掛ける。

その罠には、ナルナリという生き物の身体を鉱化《こうか》させる毒を持つ鉱物を用いた。

鉱化は石化の上位変化で、石化に強い耐性を持つドワーフですら、長く触れていると変化させてしまうほど強力なものだ。

しかもナルナリは、生き物の部位によって異なる変化をする。皮膚や脂肪といった表面の部分は石灰のような柔らかい石になり、筋肉は脆《もろ》い金属タンガになる。

タンガは他の金属と相性がよく、混ぜ合わせると加工がしやすくなるので、サンテートに多く用いられている金属だ。

そして、骨や歯は、鍛冶師には欠かせない鋼鉄に。

生き物が変化したものは、不純物が多いのが難点と言える。しかし、ある生き物だけは違う。強靱《きょうじん》な鱗を持つ竜種は、その鱗がガイダイトへと変化するのだ。

ただし、鱗の表面にナルナリが触れただけでは変化しない。あの巨体すべてを鉱化させる必要があるのだ。そのためには、ナルナリを竜種に飲み込ませるといった手段を取るのだが、あまりにも危険が大きすぎるので挑戦しようという者はいない。

これまでガイダイトを手にしたのは、運よく病気や寿命で弱っている竜種を見つけ、なおかつ変化させられるだけのナルナリを所持していた者のみ。

いつかそんな幸運に恵まれるかもしれないと、地竜様の寝床からしか採れない希少なナルナリを長い時間かけて、竜種を二頭くらいは鉱化できるであろう量を集めていたのだ。

それを使って、塀の上に針山状にしたナルナリを設置した。

よじ登れそうだと塀に手をかければグサッと刺さり、石化耐性がない者ならすぐに両腕が変化するはず。

ナルナリを使うことはじじばばどもから強く反対もされたが、同胞を守るためと言って押し切った。

もったいないから、襲撃者がもう来ないことを祈るしかない。

次は溶鉱炉の設置。これがなければ、僕たちはただのワームになってしまう。

溶鉱炉作りは用途別に、形、大きさ、強度などが異なり、作業工程も細かく決められているため、流《ながれ》総出で行う大仕事となる。

大人が溶鉱炉を作っている間、子供たちにダムダとバジリスクを捕獲してくるようお願いした。

ダムダと聞いて顔を顰《しか》める女の子もいたが、女の子に格好いいところを見せたい男の子たちがこぞって『俺が捕まえてやる』と口にする。

その様子を微笑ましく見守る大人たち……の中に、痛々しげに見つめる者たちがいた。

あれだ。過去の自分と重ね合わせているのだろう。

生き物や気持ちの悪い植物の採取など、女の子が苦手とする手伝いを代わりに引き受けたものの、尻込みした上に醜態《しゅうたい》をさらした者をたくさん見てきた。

痛々しげに見つめている奴らの醜態も僕は知っている。

　こうして、防衛力と生活力を兼ね備えた巣の山ができ、少し不安は残るものの普通の生活に戻ったように思った。

　しかし、時が経つにつれて、夫婦、親子、兄弟、はては師弟まで、いざこざが増えて、流の雰囲気は段々と悪くなっていった。

　他の流との交流を絶ち、行商エルフも来ない状況は変化に乏しい。代わり映えのしない日々に鬱憤《うっぷん》が溜まっているようだ。

　しばらく襲撃者も来ていないので、交流を再開してはどうかという意見もあったが、他の流が裏切っていた場合はどうするのかというじじいの問いに、誰も答えられなかった。

「そこでだ。もし、得物流が掟を破り、我々を裏切っておったのなら、武具流と陶製流に合流するのも手だと思うぞ」

　じじいの思わぬ発言に周りが騒然とする。

「同胞同士で争うなど愚の骨頂。奴らにドワーフ族としての誇りを思い出させてやればよいのじゃ」

「しかし、どうやって……」

「元より我らドワーフは、地竜様と行動をともにしておった。地竜様のお力で増えた鉱物を採掘し、それを用いて様々なものを作る。我らが地竜様のもとへ戻ったと知れば、他の流も戻りたくなるだろうよ」

「つまり、地竜様を探し、武具流と陶製流にその場所を教え合流する。すると、他の流も合流したいと交渉してくるということか？」
「そうじゃ。それには、まず我らの流が地竜様を見つけ出し、他の流より優位に立つ必要がある」

じじいの案、悪くない。上手くすれば、外との交流を持てるようになるだろう。

どの道、放浪の生活も限界がきている。昔の生活に戻るのも手だと思う。

もう少し早く判断していれば、同胞を疑うこともなく、古《いにしえ》の技術を失うこともなかったのかもしれない。

そうして、地竜様を探すための捜索隊が結成された。

ドワーフ族の男は他の種族から子供だと思われるため、捜索隊には女が選ばれた。仕方のないことだとわかっているけど、彼女たちに苦労をかける忍びなさと外の世界へ出られる羨ましさで、かなり複雑な心境だ。長として情けない。

だが、地竜様探しは難航し、僕たち野鍛冶流には閉塞感が漂っていた。

流の一人があるものを見つけてくるまでは。

閑話　ドワーフ族の僥倖。　視点：ラグヴィズ

それがいけないことだとわかってはいた。けれど、好奇心を抑えられなかった。

人がこんなものを作っていたなんてと、驚きも強かったが。

盗みに気づいた人どもが警戒し始めたから、そろそろここを離れた方がいいと言われる。

地竜様を見つけるため、一度お気に入りの寝床の近くに行ってみようとも。

でも、そのときの僕は決断できなかった。

今は、早まらなくてよかったと、心の底から思う。

地虎《ちこ》様とお会いできる僥倖《ぎょうこう》に恵まれるなんて！

挨拶を述べたあと、駄目元というか一縷《いちる》の望みをかけて地竜様の居場所を尋ねてみた。

すると、地竜様に害をなす者だと思われたのか、聖獣様たちのまとう気配が変わった。聖獣様を怒らせてしまったと落ち込む僕を見かねたのか、男が代わりに答える。

この集団の中で一際偉そうな雰囲気を放つ男。

彼が放った言葉は、いつもエルフに言われているものとまったく同じだった。

興奮しすぎて挙動がおかしくならないよう取り繕うのでいっぱいいっぱいだったが、水の聖獣、青天馬様を見てあることに気がついた。

最初はエルフ族かと思ったが、本人が先祖返りだと否定する。

エルフの血を引き、聖獣様と契約しているとなれば、ライナス帝国の皇帝に違いない。

人との関わりを絶っていようと、それくらいのことはわかる。

そして、皇帝がここに来た理由はサンテートを盗んだ者を捕まえるためか。

皇帝自ら出てくるとは思わなかったが、被害を出さずに僕たちを見つける方法が聖獣様を同行させるしかなかったのだろう。

地虎様なら、道中のダムダとバジリスクどころか、他の魔物や猛獣だって近寄らせないようにすることも容易なはず。

それに、聖獣様が案内してきたのなら、僕たちも文句は言えない。

僕たちドワーフが姿を消したのは種族間の問題であって、聖獣様や精霊には関係ないから。だから、精霊の声を聞ける者は隠れたドワーフ族の居場所を知ることができる。

それもあり、エルフ族には誓約《せいやく》をしてもらっているし、精霊術師から聞いてきた者は多少痛い目をみてもらってから追い払う。

だが、さすがに皇帝を追い払って逃げるわけにはいかないか……。

「で、なんの用だ？」

じっくり話を聞こうと、土魔法で座るための岩を出したときだった。

一瞬すらないような短い間に、皇帝に付き添っていた軍人たちが攻撃態勢に入り殺気を放つ。

ある者は剣を抜き、またある者は魔力を高め、いつでも無詠唱で発動できるようにしている。

そして、世話役の従者っぽい男が一番恐ろしい。軍人たちより強そうだけど何者なんだ？

ちょっと魔法を使っただけだろうととぼけても、誰も警戒を解かない。

それどころか、皇帝は盗みが起きていると直截《ちょくせつ》に言ってきた。

やはり僕たちを捕まえにきたのかと、内心を読まれないように続きを促すと、心当たりはないかと問いかけられる。

その回りくどい言い方が煩《わずら》わしく、僕もはっきりと言う。僕たちを疑っているから、ここに来たんだろうってね。

皇帝は涼しげな顔で僕の言葉を聞き流し、軍人に何か指示を出した。

指示を受けた軍人が文様符《もんようふ》を出して詠唱すると、地面が粘土質に変化し、椅子の形になっていく。

目の前で見せられた高度な魔法に、たちまち気持ちが高揚した。

土を変質させて粘土にし、椅子の形にすることはできる。だけど、その椅子に装飾をつけるとなると、とたんに難易度が上がるのだ。

いったいどんな魔法構造になっているのか気になり過ぎて、その文様符を見せて欲しいと懇願《こんがん》してしまいそうになったほどだ。

文様符なら難しい魔法も短い詠唱で発動できるようになるが、ここまで精密に調整されたものは初めて見るな。

これだけで、ライナス帝国の魔術師の腕のよさがわかった。土の魔法は形を作る自由度は高いが、魔術師の感覚に依存する部分も多い。そんな感覚までも明瞭化《めいりょうか》して魔法構造に起こし、それを文様魔法へと書き変え、誰でも再現できるようにしてあるのだろう。

ドワーフ族も土魔法に関しては卓越していると自負しているが、同じことができるかと言われると……。

緻密《ちみつ》な作業が得意な陶製《とうせい》流ならできるはずだ。あそこは陶物《すえもの》でなんでも作るから。

人形用の小さな家具や食器を作ったと聞いたときは驚いたのを覚えている。行商エルフに見せてもらった人形用の家具一式の、細部まで本物と変わらない出来は見事の一言に尽きる。

試しにと、僕たちも木材で真似てみたけど、なかなか奥が深かった。

それからこの流でも小さいものを作るのが流行った。金属を最初から小さく作るのは難しかったため、削りに削って小さくするようになり、研磨の技術がとにかく向上した。……なんてこともあったな。

僕が魔法に気を取られている間に、皇帝は捕えるには証拠がないからと言ったようだが定かでない。

それよりも、皇帝が見せてきた大剣のことですべてが吹っ飛んだ。

皇帝が持つにしては装飾のない簡素な拵《こしらえ》だが、手に持つとわずかに魔力が大剣へと流れていく。

鞘には動物の皮が着せられているも、本体の素材はラテノの木で作られたものだろう。

大剣は少しでも軽くするために、鞘を革で作るのが一般的だ。しかし、軽くて丈夫なラテノの木で鞘を作ることもある。

最近ではより軽くて強度のあるサンテートが革に取って代わっている場合が多い。

ただ、このサンテートには一つ欠点があった。

彫金を施すことができないのだ。文様を彫ると、どうやっても微細なひびが入り、強度が著《いちじる》しく下がる。

そのため、鞘の表面に革を張るようになった。革に文様魔法の焼印を入れることで、簡単に魔法を付与することができるからだ。

その代わり、革の文様魔法が破損すると直すことができずに張り替えとなるので、維持に多少お金がかかる。

魔力の流れを注意深く追っていくと、この鞘にはいくつもの文様魔法が施されていることがわかった。

おそらく、ラテノの鞘全面に文様魔法が刻まれているのだろう。この鞘は革を貼った着せ鞘で作られているので、それを見ることができないのが残念でならない。

大剣を鞘から抜けば、その剣身の美しさに目を奪われる。ほのかに青みがかった刃、白銀の鎬《しのぎ》地《じ》。惚れ惚れするその姿を隅から隅まで目に焼きつける。

根元の刃のない部分には、信じられないものが刻まれていた。

直線的で図形のような文字――これがドワーフ族の失った技術。

この文字一つ一つに魔法の要素があるということはわかっているけど、それがどんな魔法なのか、どのように構築するのか、もうそれを知る者はいない。

僕もじじいから思い出話のついでに聞かされたくらいしか知らないので、大剣を持つ手が震えそうになる。

失われた技術の最後の後継者は、陶製流の者だったはず。

陶製流で大剣を作れなくはないだろうが、柄に施してある飾りは武具流が好むものだ。

この大剣は鞘や柄の装飾から八十巡から一季《いっき》ほど前のものだと思われる。作られたのが武具流なら、時代からしてあのお方しかいない。

詳しいことはわからないが、どうもこの皇帝に合わせて作ったものではないのは確かだ。

そう指摘すると、皇帝は大伯父のものだと言う。大剣の姿からも、元の持ち主が素晴らしい武人であっただろうということは想像がついた。

まずはドワーフ族の今を説明し、作ったのは武具流の名匠だと教える。

お礼を言いたかったと言う皇帝の言葉は、ドワーフ族としてはとても嬉しい。

皇帝ならば、自分用に誂《あつら》えたものを使うこともできただろうに。それをせず、親族から譲り受けたものを大切にしている。別の人に合わせて作られた剣を使いこなせるようになるまで、並々ならぬ努力を要したことは想像に難《かた》くない。なんか凄く好感が持てるな。

死後もなお、大切に愛用してくれていると知れば、イル・スラーデンも報われる。僕も、こういう人になら武器を作ってもいいな。

「この剣は大切にしてくれ。今は失われた技術で作られていて、とても貴重なものだ」

そう言うと、皇帝が興味を示したので簡単に説明する。ドワーフ族ならみんなが知っているようなことだ。どうやら現所有者である皇帝もその魔法に心当たりがあるようだった。

しかし、大剣に刻まれた文字がその魔法に関係しているとは知らなかったらしい。

そもそも、文字とすら思われておらず、飾りの一つだと思っていたみたいだな。

技術の継承者がいなくなったことに対して、無念という言葉を選んだ皇帝。ライナス帝国の長い歴史の中で同じように廃《すた》れていったものがあるのかもしれない。

そんなんだから、つい愚痴めいたことを口にしてしまった。

すると突然、幼い女の子の声がした。

えっ……子供？　子供なんていたか？

最初から一緒にいたとしたら、こいつら子連れで森に入ったのか⁉　いくら聖獣様が一緒とはいえ、魔物に狙われたら死ぬぞ！

あまりのことに驚いていると、皇帝が妹だと言ってきた。

妹ってことはお姫さんでいいんだよな？　人の身分ってやつはよくわからない。

「気持ちを動かす何かを探しにいったんじゃないの？」

そう尋ねられて、僕は自分の行動に納得した。

お姫さんの言う通り、僕は外に出る理由を探していた。そして、外の技術よりも、まだ僕たちドワーフ族の方が上だということを確かめたかった。

あの不思議な形をしたサンテートを見たときは、本当に興奮したんだ。まだまだ僕たちが身につけるべき技術はある。しかも、外の世界にって。

ただ、今さらながら、僕が取った手段は最悪だったと思う。

サンテートを盗めば、いずれ誰かが捕まえにくることはわかっていた。心のどこかで、捕まれば外の世界に行けると考えていたのかもしれない。

　でもそれは、同胞を危険にさらしたのと同じ。

　もし、皇帝がドワーフ族の技術を奪おうと考えていたら？　もし、姿を消した種族など、どうにでもできると思っていたら？

　皇帝がいい奴で、こうして話していられるのはただ運がよかっただけ……。

　こういうのを『精霊がささやいた』と言うのかもしれない。

　お姫さんが不思議な形をしたサンテートを作るのに手を貸したと言い出したのには、少し笑った。

　皇帝がこんなところまで連れてくるほど甘やかしているのだとすれば、大人の真似をしたくて会議に参加させてもらったのを大げさに言っている可能性もある。

　さすがに、この幼さで国の仕事はさせないだろう。

　大工組合の長に弟子にすると言われたと、立ち向かってくるのでからかいたくなる。

　すると、突然皇帝が大きな声を出し、お姫さんは体が跳ねるほど驚いていた。

「この国の鍛冶師に弟子入りしてみないか？」

「皇帝さん、本気で言っているのか？」

　皇帝の提案に、誰も注意をしない。お付きの人が諫《いさ》めるべきだろ？

　僕が呆気にとられている間、皇帝は皇帝で弟子入りした場合のことを説明し始めるし……。

「それ、罰にならないと思うのだが？」

「盗みという卑怯《ひきょう》な方法を取った者には、盗んだものを作る苦労を知るべきだ。もちろん、ただ金目のものが欲しかったという者には、重労働が待っているけどね」

　平民が盗みで捕まると、本来はある施設に入れられるらしい。そこで、農作業をしたり、料理の下ごしらえをしたり、盗んだものに応じて仕事が割り当てられるそうだ。

　金や宝石、金のために盗んだ者は、もっと環境の悪い、普通の人がやりたがらない仕事に就かされると。

　さすがに、娼館や男娼なんて言葉はお姫さんに聞かせられないようで、耳を塞がれていた。

　それでも盗みを繰り返すと、手がなければ盗みはできないという理由で利き手を落とされる。

　捕まえにきたのが皇帝でなければ、利き手を落とされていたかもしれないのか！

　無意識に大事な利き手を庇《かば》うと、皇帝は反省している者の手は落とさないよと笑う。

　それから刑期の話になり、なぜか弟子入りすることが確定してた。

　自分だけで決めることはできないと、皇帝たちを巣の山に招き入れて、同胞たちを招集する。

　全員参加の合図の鐘を鳴らし、待つことしばし。

　みんなが揃ったことを確認して、今までのことを説明した。

　皇帝一行が来ていることを口にしたときは、全員が彼らを見つめたため、お姫さんが怯《おび》えて隠れてしまった。

「金で解決できるなら、そっちの方がいいじゃろう。わざわざ外にいく必要はない」

「だが、得られるものも多い。皇帝さんと縁を繋いでおけば、地竜様の居場所も、得物流が何をしているのかもわかるかもしれないんだぞ？」

じじいどもが反対することは想定内だ。

「だが、外は危険じゃ。人さらいに遭って、手込めにされるんじゃぞ！　俺の曾祖父さんの弟は人に捕まって帰ってこなかった……」

昔から、ドワーフ族の男はなぜかその手の類《たぐい》に狙われやすい。種族的特徴のせいらしいが、男にも欲情するとは……。まぁ、それだけ欲深いからこそ、人はあんなに繁殖しているのだろう。

「それなら、私もついていこう」

そう宣言したのは僕の嫁だった。

「エル、お前は盗みに関与していないだろう。巣の山で待っていてくれ」

「夫の手伝いをするのは嫁の役目だろ。私も外の経験はあるから、任せて欲しい」

嫁のエルは僕に嫁ぐ前、姉が他の流に嫁ぐからと護衛として野鍛冶流から出たことがあった。幼い頃から外の世界に憧れていて、地竜様の捜索隊にも参加したがっていたが、それは僕が止めた。

それなのに、今回僕が外に出ることになり、我慢できなくなったのだろう。彼女の目が、切に訴えかけてくる。お前だけ狡《ずる》いぞ、私も行きたいと。

「それなら、ぼくも行きたーい！」

僕の嫁に抱きつきながら主張してきたのは、サンテートを運ぶのを手伝ってくれた奴の嫁だ。

盗みを手伝ってくれた同胞たちは一緒に弟子入りするわけだが、そもそも嫁同伴は許されるのか？

しかも、彼女だけに留まらず、多くの若い者たちが自分も行きたいと言い始めた。

これにはじじばばどもも驚いて、特にじじいたちは外の危険をこれでもかと叫ぶ。ばばあたちが何も言わないのは、自分たちは外に出たことがあるからだろう。自分は外に行ったことがあるのに、行くなとは言いづらい。

「これだけ外に興味を持っている者が多いんだ。ドワーフ族が安全に外へ行ける方法を探してくる。じじいたちだって、新しいものを見てみたいだろう？」

不思議な形のサンテートに、じじいどもだって興奮していたのを知っているんだからな。

みんな知りたいのだ。どうやってあの形にしたのか、どういう用途で使うのか、他にどんな形があるのかってね。

特に、まだ感性の鋭い若い者たちは、刺激を受けて気づいたのだろう。

刺激に飢えていること、このままでは自分の可能性が試せないことに。

「それなら、ぼくの姉さんに協力してもらえるようお願いしてみるよ！」

「……えっ!?　生きているのか？」

誰かが叫び、勝手に殺さないでよーと言い返す彼女に、みんなの視線が集まる。

彼女の姉は、十巡ほど前に派手な親子喧嘩を繰り広げ、巣を半分吹き飛ばし、父親を罵《ののし》りながら流を出ていった。

外に適応できるドワーフの女とはいえ、一人では生きていけないだろうと思われていた。

どんな手段を使っているのかはわからないが、妹と連絡を取り合っていたようだ。

「今、冒険者やっているんだよ。この前の連絡では、ミルマ国に築造流がいたって教えてくれたし、ひょっとしたら地竜様に繋がる情報も持っているかも！」

築造流、ミルマ国にいるのか。

そういえば、最後に連絡が来たときは、ライナス帝国とミルマ国の境辺りにいたな。

「それにね、希少な鉱物を採取する依頼もそこそこあるらしくて。みんなで冒険者になって、交代で依頼を受けるのってどうかな？」

彼女の提案に、若い者たちが目を輝かせて賛成だと拍手を送った。

「待て、先走るな。今、冒険者となって若い者が抜ければ、じじばばと子供たちを守る手合いが少なくなる」

いくら魔法が使えるとは言え、何か起きたときに対処ができないのは困る。

それこそ、襲撃者がまた来て、子供たちが売り払われる可能性だってあるのだ。

「じゃあ、いっそのこと皇帝に保護を求めるのは？　流のみんなで行けば怖くない！」

確かに全員で行けるのが一番いい。試しに、聞くだけ聞いてみるのもありか。

「それだと、俺たちが掟を破ることにならないか？」

一人が不安そうに言うと、じじいどもがそれに乗っかって、そうだそうだと騒ぎ出す。

「破らざるをえない理由があればいいだろう。例えば『襲われて全滅を避けるために致し方なく』ってね」

　前の襲撃者の正体もわからないし、それが嘘であると知るのはこの流だけ。他の流はまた襲われたと思うだろう。

「もし、嘘だと言ってくる流があれば、そこが襲撃者と繋がっているか、この中に内通者がいるということにもなる」

　同胞を疑っているのかと声も上がるが、これはおまけにすぎない。

「僕たちの目標は、新たな生活様式の確立だ。外に出るにせよ、地竜様のもとへ行くにせよ、現状は僕たちだけの力で行動を起こすのは無理だと理解しているだろう？　外には可能性があり、運よく協力してくれるという者も現れた。この機会を逃せば、僕たちは目的もなくただ大陸をさまよう生活を続けることになるんだよ」

「ヴィズ、そう結論を急《せ》くのはよくない。まずは、皇帝さんとやらに、私たちの保護のことを話すべきだよ。あちらも、話し合わないと決められないことがあるはずだし」

　そう嫁に言われて、自分が感情的になっていたことに気づく。

「悪い……。とりあえず、言ってくる」

「私も行こう。それと、サンテートを運ぶのを手伝った三人もついてくるように」

　嫁の指示に三人は大人しく従ったが、勝手についてくる奴もいた。嫁が何も言わなかったので、奴の好きにさせる。

　皇帝のもとへ行くまでに心を落ち着かせ、保護のことを頼む。すると、お姫さんからとんでもないことを提案された。

ガシェ王国に行かないかと。

なぜお姫さんがそんなに詳しいのかわからないが、シアナ特区という場所を管理している貴族にかけ合ってくれるそうだ。

聞く限りではいい話だが、僕たちは労役でライナス帝国にいなければならず、流がガシェ王国にいるとなると、問題が起きたときに手が出せない。

なので、図々しいことは承知で、転移魔法陣の設置をお願いする。

他国が絡むからと、この場では返事はもらえなかった。

ただ、即座に却下されなかったので、可能性はあるとみた。

「サンテートに関与した者は長殿と……」

「こちらの三人だ」

「では、君たちはこのまま私と一緒に来てもらう、でいいかな？」

もちろん僕たちは承諾した。

すると、僕の嫁と同胞の嫁が、自分たちも一緒についていきたいと申し出る。

皇帝は微笑みながら構わないよと言ってくれて、嫁の同行はあっさりと認められた。

「それから、仲間の安全を気にかけているようだから、念のために特命部隊にこの村を警備させようと思っているのだけれど、どうかな？」

「特命部隊？」

「任務内容を口外することができない、とても優秀な部隊だよ。君たちのことを知る者は少ない方がいいからね。それから、緊急時用の転移魔法陣を設置させてもらってもいいかな？」

「それは構わないけど……」

僕たちがいない間、流を守ってくれるのなら凄く助かる。

それに、一応僕たちは罪人のはずなのに、この上なく丁重に扱われているように感じた。

労役の期間を決める取り調べを表向きの理由にして、僕たちの希望を聞き、受け入れ先がどこまでできるかの話し合いの場を設けてくれるそうだ。

もちろん、やってしまったことへの償いはちゃんとするけど、逆に親切すぎて裏があるのかもと疑いたくなる。

巣の山の入口で帝国軍の紋章を見せた奴が、ここに残ることになった。

彼も特命部隊とやらの一員らしい。しかも、彼一人で転移魔法陣を設置することができるとかで、とても優秀な魔術師なんだそうだ。

こっちがついていけないほど、あっという間に話がまとまり、僕たちは巣の山をあとにした。

そして、僕は知りたくなかった事実を知らされることとなる。

7 極上のアニマルセラピー。

ぐっすり寝たおかげで、朝から元気よく歩くことができた。

でも、一時間も経たずに、ユーシェによって鞍の上に乗せられる。

「ユーシェ、私まだ歩けるよ？」

「ヒィンッ！」

あ、はい。乗っていないといけないのね。

乗ったからにはユーシェの鬣《たてがみ》で手遊びをし、水の鬣で三つ編みできるかチャレンジしてみる。

鬣は水の触手と言ってしまえばアレだけど、太い髪束だと思えば編めなくもない。ただ、トゥルンとすぐにほどけてしまう。

「かざりで止めたりできないのかな？」

「さすがにそれは無理だろう」

私の呟きを陛下が拾って返してきた。

「魔石とかで作ってもつけられない？」

「ヒィィンッ‼」

「ユーシェは嫌だと言っているね」

本人が嫌だと言うなら無理強いはできない。鬣を三つ編みにするのは諦める。

ラース君やカイディーテも、何か飾りをつけるのは嫌なのかな？

尻尾にリボンとか、格好いい首輪とか……。今、コンマ数秒で壊される未来が見えた気がする。

「ユーシェは着飾らなくても十分美しいよ」

陛下が手を伸ばして、三つ編みがほどけた部分の鬣を撫でる。すると、もっと褒《ほ》めろと言わんばかりに、ユーシェは勢いよく鼻息を吐いた。

しかし、陛下が甘やかすからか、ユーシェは他の聖獣に比べると幼い感じがするよね。

ラース君たちは大人クール系で、ユーシェは末っ子小悪魔系。

ふむ。末っ子なのは同じだから、私も小悪魔系を目指そうかな？

パパンとお姉ちゃんはどんな私でも喜んでくれるだろう。ママンは目が笑っていない笑みを浮かべ、お兄ちゃんは困った笑顔で正道を説いてきそう。パウルは盛大なため息を吐いたあと、真顔でお勉強の時間を増やしましょうって言うんじゃないかなぁ。

うん。無謀《むぼう》なことはやらない方がいいね！

自分の考えに没頭《ぼっとう》していると、ついに陛下が動いた。

「長殿、話があるのだが……」

いよいよあれを伝えるのかと、私もつい身構える。

「皇帝さんもラグヴィズでいいよ。無礼なことばかりやっているから、長殿って呼ばれると気まずい」

陛下がラグヴィズの態度に何も言わない時点でそれを許しているし、許しているのも打算があってのことだろう。

ラグヴィズは、失礼な態度を取ってしまったと心配しているのは確かだが、内心では陛下に権力者らしい態度をとってもらった方が変に気を使わなくてすむとか考えていそうだ。

それか、陛下は普通にしててもただ者じゃないオーラが放出されているので、変に改まられると違和感を覚えてムズムズするのかもしれない。

ただ、ユーシェを愛《め》でているときの陛下は、パパンのように残念なイケメンと化す。

「聖獣たちが言っていたことなので、事実として受け止めて欲しい」

聖獣という単語に反応してか、それとも陛下の真剣な表情につられてか、ラグヴィズの眼差しが強くなる。

「地竜様が……」

陛下がそう口にした瞬間、ラグヴィズの顔が変わった。地竜の単語だけ、あからさまに反応が違う！

目はギラギラし出したし、きっと心のアンテナはビンビンに立っているのだろう。

ストーカーと言うよりも、ターゲットを逃がさないハンターのようだ。

もしかして……と、ラグヴィズの頭の上を見たが、さすがに髪の毛がピンッと立っていたりはしなかった。

一瞬、某妖怪の少年みたいに、特定の気配を感知できるのかと思ってしまったよ。

まぁ、地竜もラグヴィズも妖怪じゃないから、髪の毛が立たないのは当たり前か。

「以前、ドワーフ族について回られて困ると、地竜様が仰っていたそうだ」

四百年前を以前ですませていいものなのか、甚《はなは》だ疑問なのだが？

それに、私が思っていた以上にストレートに伝えたな！　地竜に会ったときに、よくも告げ口したなって怒られないか心配だ。

「地竜様がドワーフ族に何も言わなかったのは優しさからだろう」

その言葉で、本当に迷惑かけていたんだなぁと罪悪感が湧いてくるのはなぜだ？

関係ない私でもそんな気持ちになる。ラグヴィズはそれ以上、致命傷レベルの衝撃を受けていてもおかしくない。彼の方を見やれば、案の定、地面に崩れ落ちていた。

ドワーフが地面に両手両膝をつき涙する姿に、実際は大人だとわかっていても、子供を虐《しいた》げたようで心が痛む。

フラールさんも嗚咽《おえつ》混じりの号泣で、エレルーンさんにいたっては天を仰いだまま固まってしまっている。

まさに、『絶望』というタイトルが相応しい絵面が目の前にあった。

彼らはしばらく動くことができないだろうからと、陛下の提案で休憩することに。

転移魔法陣から送られてきたティーセットを使って、森の中で優雅にティータイム。

いつも飲んでいるお茶とは違うけど、高級なものであることは香りと味から知れた。

その香りに誘われるかのごとくあることを思いつき、私は茶葉の種類を指定して警衛隊員に取り寄せてもらった。その茶葉でお茶を用意するようパウルに指示を出す。

そして急いで残りのお茶を飲み干し、そこら辺で遊んでいた白を捕まえ、星伍、陸星、ノックスを呼び寄せる。

森鬼には稲穂のお世話をお願いして、馬バージョンの海も動員だ！

さて、まずはエレルーンさんかな。

さすがにもう天を仰ぐのはやめていたけど、ただ呆然《ぼうぜん》と佇《たたず》む姿から遣《や》る瀬《せ》ない気持ちが伝わってくる。

「エレルーンさん」

彼女が私の方を見ようと顔を動かした拍子《ひょうし》に、目元に溜まっていた涙がハラリと落ちた。

ドワーフたちの嘆《なげ》きっぷりを見て、地竜のことを伝えたのは失敗だったなと後悔した。

早速、ノックスにエレルーンさんの肩に移るようお願いする。

「なぐさめてあげてね」

自分とは別の重みを感じれば一人ではないとわかるし、ノックスの羽毛に触れればその柔らかさと温かみに優しさを覚えるだろう。

ノックスもエレルーンさんが弱っているのを感じ取ったのか、パウルやお姉ちゃんに甘えるときのように頭を頬に軽く擦りつける仕草を見せた。

私はエレルーンさんの手を取り、その場に座ろうと促す。

そして、パウルにお茶を持ってきてもらい、飲むようにすすめた。

作法としては邪道だけど、お茶は木の器に温《ぬる》く冷ました状態にしてあった。陶器のティーカップに適温のお茶だとすぐに飲めないと判断したパウルの心配り、さすがである。

警衛隊員に言って、宮殿から取り寄せてもらったこのお茶、気持ちを落ち着かせる効果のある香草茶なんだよね。

ぼんやりとしながらもお茶を口にするエレルーンさんを見て、あとはノックスに任せて大丈夫そうだ。

「ノックスはね、お腹の中の毛がすごくもふもふなのよ」

聞いているかわからないけど、ノックスの羽毛の中でも極上の部位をおすすめしておく。

ノックスは猛禽類の中でも小型の方に分類されるので、指先でしかその感触を味わえないが、プルーマだったら思い切り顔を埋《うず》めることができる。

ただし、池から上がってしばらくはちょっと苔臭《こけくさ》いにおいがすることもあるので気をつけないといけない。

……プルーマ、元気にしているかなぁ。アイルが過剰にお世話してないといいけど。

さて、次はフラールさんだ。

フラールさんは号泣しすぎて疲れたのか、地面に座り込んでいた。

「フラールさん、大丈夫？」

フラールさんの方は、エレルーンさんと比べると少しは気力が残っているみたい。

私の言葉にかすかだけど頷《うなず》いてみせた。

フラールさんにもお茶を飲ませて、慰める係には星伍をつける。

　星伍が心配げにフラールさんの顔を覗き込み、ペロペロと頬を舐めて励ます。

「この子は星伍っていうの。いっぱいなでてあげてね」

　飲み終えた器を受け取り、空いた手を星伍の頭へ。

　撫でてもらえるとわかった星伍は、尻尾を振りながら前脚をフラールさんの太ももに置いた。

　フラールさんにも星伍のおすすめ部位を紹介したいのだが、星伍と陸星はどこを触ってももふもふなので悩むな。

　ほっぺたのむっちり具合もやみつきになるし、喉元から前脚つけ根の部分もふわっとした毛並みと筋肉の感触が楽しめるし、頭から背中にかけては滑《なめ》らかな肌触りだし、尻尾のくりんを伸ばして遊ぶのも捨てがたい。

　しかし、星伍と言えば……。

「やっぱりお尻ね！」

　見た目はぷりちーなお尻だけど、触るとほふっと指が埋まる。

　パウルが腕によりをかけてトリミングした桃尻は、見てもよし！　触ってもよし！　なんなら、揉んでもよし！

「お尻？」

　唐突にお尻という単語が出たからか、フラールさんが不思議そうに首を傾げる。

「そう！　星伍のお尻をさわってみて！」

　私がそう促すと、フラールさんはおそるおそるといった様子で手を伸ばす。

最初は指の腹が毛先に触れるか触れないかくらいのフェザータッチだったが、星伍が怒らないとわかると、手のひら全体で撫で始めた。

「クゥ～ン」

甘えるような鳴き声に聞こえるが、星伍は恥ずかしがっていた。

散々、私やお姉ちゃん、パウルに揉まれたお尻だ。今さら恥ずかしがることはない！　その美尻に自信を持つんだ！

心の中で星伍にエールを送り、私は次へ向かった。

同じように、ドワーフの男性陣にも陸星と海を慰め係にあて、場合によっては欲を食べてもいいと海に言《こと》づける。

ちなみに、陸星は尻尾とお尻、海はサラサラキューティクルへアーの鬣をおすすめしておいた。

本当は海も尻尾って言いたかったんだけど、やっぱり馬の後ろに立つのは危ないからね。

陸星と海と触れあいながらお茶を飲むと、彼らは少しずつではあるが会話も交わすようになってきた。

そしてラグヴィズには白を渡す。

ラグヴィズはやはり衝撃が大きかったのか、白を無理やり持たせても反応がない。

「ラグヴィズ、この子はスライムの白よ。こう、ぐにぐにしてみて」

ラグヴィズの手ごと、私は白を揉《も》んだ。

私にはラグヴィズの手の感触しか伝わってこないが、ラグヴィズは白の柔らかなふにふにを感じているはずだ。

「お互いにいしそつうができなかったからで、ドワーフが悪いとかじゃないよ」

根気よくふにふにし続け、ラグヴィズの意識を戻そうと頑張ってみる。

なんだったら伸ばしたり、握り潰してみたり、白の楽しみ方はいろいろとあるんだよ？

操り人形のようにされるがままのラグヴィズだったが、ようやく自ら手を動かすようになった。

「顔に当てても気持ちいいよ？」

泣いて目が腫《は》れるから、冷やすのにもちょうどいい。

「白、目元に張りついてあげて」

アイマスクのように白が張りつけば、ラグヴィズがピクリと体を跳ねさせる。

「冷たかった？」

「……いや」

しゃべられるまで気持ちが持ち直したのか、ラグヴィズはアイマスクと化した白をおそるおそる指先で触れた。

「スライムってこんなに懐《なつ》くのか？」

「うーん、白は少し変わっているから……」

まぁ、白がって言うよりは、雫《しずく》の子供たちみんな変わっているけど。

色の名前を付けた子たちなんて、人間を警戒しないしね。ひょっとしたら、人間なんてすぐに倒せるって思っていたりして。

「ラグヴィズ、お茶をどうぞ」

まだアイマスクをしているけど、お茶は飲めるからと器を渡した。残念ながら、お茶はすっかり冷めてしまっている。

「ラグヴィズ、少しは落ち着いたかい？」

陛下はドワーフたちの気持ちに配慮して黙って見守っていたようだが、ラグヴィズの様子を見て、話しかけても大丈夫そうだとやってきた。

「……あぁ、お姫さんのおかげでな」

陛下と話しているのに、ラグヴィズはアイマスクをしたままという、面白いことになってしまった。ここで白を呼び戻していいのか悩む。

「私の伝え方がよくなかったせいで悪かった」

「いや、皇帝さんのせいじゃないさ。自分たちのことしか考えていなかった僕らの方が悪い」

「長い時間の中で、君たちが気づかないうちに崇拝が執着へと変化していったのだろう」

四百年も経てば、当時を詳細に知る人もおらず、世代を重ねていくにつれ思いだけが残り、過去の隆盛《りゅうせい》時代の象徴である地竜に固執していったのか。

それよりも、陛下と謝罪し合うラグヴィズの顔に白が張りついている……。面白すぎて、もうこのままでもいいんじゃないかなって思ってきた。

「そもそも聖獣は、契約者に関わるものでなければ無関心だし、創造主様の意思でしか動かない。そして、己と契約者に害をおよぼす者には無慈悲だ」

それなのに、地竜は迷惑っていう感情を抱きながらも、彼らから距離を取るだけですませたのは凄く珍しいってこと？

そういえば、地竜ってよく寝ぼけて地形を変えちゃうんだよね？　だとしたら、ドワーフたちがうるさかったときにドワーフ側に被害があったりしなかったのかな？

ちょっと気になったので、陛下に耳打ちして疑問を伝える。私がラグヴィズに地竜のことを話したら、なぜ知っているんだと怪しまれそうだからね。

「地竜様は時折、地上に上がってくると地形を変えることがあったそうだが、当時のドワーフ族は巻き込まれなかったか？」

ドワーフ族が抱く地竜のイメージを壊さないよう、地竜が寝ぼけキャラだというのは黙っているみたい。

他の聖獣とは違い、原竜はなんかこう……超越者って感じがするもんね。それが寝ぼけて地形変えちゃった、てへぺろとかやっていたら、幻滅どころの話じゃないよね。

地竜がてへぺろするかは知らないけど！

「……いや、そういう話は伝わっていないが？」

やっぱり！　地竜は頑張ってドワーフに被害を与えないようにしていたんだ！

「地竜さんはドワーフたちを守っていたんだね！」

ソルから聞いた規模の地形変化が起きれば、ドワーフたちの全滅もありえたはずだ。

精霊たちがいろいろと手助けをしていたとしても、地竜からしたら小さなドワーフを巻き込まないようにするのは大変だっただろうに。

「とても珍しいことだと思うが、次もそうだとは限らない。今のように距離を保つのがお互いのためだ」

陛下はラグヴィズの肩をポンッと叩き、さらに言葉を続ける。

「地竜が移動したあとの寝床が帝国内にあれば、採掘を手伝ってもらうこともあるだろう」

少しボリュームを落として、提案という名の悪魔の囁《ささや》きを口にした。

陛下、本気でドワーフをライナス帝国に取り込む気だ！

陛下の妹設定がなければ、私もオスフェ家の人間として堂々と勧誘できるのに。

まさか、妹とか言い出したのは、これが狙いだったのか⁉

そんな悪魔の囁きに心が揺れたのか、ラグヴィズは思案顔になる。

しかし、ラグヴィズの顔に張りついていた白が飽きたのか、アイマスクからフェイスマスクに変化し、うにうにと顔の上で蠢《うごめ》く。

「くすぐってぇ」

ペリッとフェイスマスク白を引き剥《は》がしたあと、ラグヴィズは自分の意思で揉み始めた。

「お前、面白いな」

「みゅっ！」

面白いと言われて、手のひらの上で嬉しそうに飛び跳ねる白。そして、ブルブルとバイブレーションの真似を始める。

「みみみみみみ……」

「ふっはははっ！」

なぜか振動とともに鳴き声を出す技を披露する。主《あるじ》の私としては壊れた玩具にしか見えず、何もコメントできなかった。

しいて言うなら、ラグヴィズに笑ってもらえてよかったね、だろうか。

「エルに見せてくる！」

ラグヴィズは嬉々として白を連れ去っていった。

ラグヴィズとエレルーンさんが白とノックスと戯《たわむ》れていると、フラールさんたちも合流した。

魔物っ子たちを交換しながらふれあいを続けているようだ。

ドワーフたちがだいぶ復活したので、先に進むことになった。しかし、ラグヴィズの手には白が握られている。

なんなら、ちゃっかり魔石で餌づけまでしちゃっている。

服のポケットに魔石が入っているのは、ドワーフの常識なのかな？

「先ほどのお詫びと言ってはなんだが、塔に興味があるなら見学していくかい？」

「いいのか!?」

陛下の提案にラグヴィズが驚く。他のドワーフたちも期待からかソワソワしているのが見て取れた。

「ぼくも見たい！」

特にフラールさんは前のめりになるほど興味津々だった。

「塔は元より視察する予定だから、遠慮しなくていいよ」

やったーと喜んでいるドワーフたちを尻目に、私は初めて聞いたよと陛下を見やる。

「ネフェルティマも発案者なのだから、気になるだろう？」

私の視線に気づいた陛下は、なぜか発案者を強調して言った。

まぁ、気になると言えば気になるけど、予定とは最初に伝えるものではないのか⁉

そうこうしているうちに、森の終わりが見えてきた。

8　真のチートは土魔法かもしれない！

森をようやく抜けると、陛下の警衛《けいえい》隊がすでに待機していた。

ひょっとしたらこの中に特命部隊が混じっているのかもしれないと思って、ちょっとだけ観察してみたけど、私に判別できるわけもなく。

だって、陛下の警衛隊は隊長くらいしか覚えていない。エルフは属性で特徴が大きく違うけど、同じ種族だと似た系統の顔つきばかりだ。人間は……じっくり観察したことないし、みんな同じ制服だからなおさら区別できなかったりする。

獣人なら、毛並みや被毛色《ひもうしょく》で判別できる自信があるんだけどなぁ。

予定を変更してドワーフたちに塔の見学をさせると、陛下が隊長に告げたら、隊員の一人が何かを持ってきた。

隊員が説明らしきことを告げ、持ってきたものをドワーフたちの足首に装着する。

パウルにあれは何かとこっそり聞けば、逃走防止用の魔道具だと教えてくれた。

なんでも、親魔道具から一定の距離を離れると足首に装着した子魔道具が反応して、風魔法で足首を切断してしまうという恐ろしいものだった。

連行する際は、手足を拘束する手錠や足枷《あしかせ》を使用するが、作業などをさせる場合はこういった魔道具を使うそうだ。

ドワーフたちの準備が整ってから塔の方へ移動すると言うので、この隙に、稲穂と遊んできて欲しいと海にお願いする。

ずっとバッグの中にいて退屈だったろうから、ストレス発散させてあげないと。

「さっきいた森の入口近くで遊ぶのよ。奥へは行っちゃダメだからね」

森の浅いところなら人目もないだろうし、迷子になっても海なら鳥バージョンになって上空から戻ってこられるので大丈夫だろう。

「ノックス、何かあったらすぐに知らせてね」

一応、保険としてノックスにもついてもらうことにしよう。森の中なら、ノックスの方が機転が利くはずだ。

ノックスと首にショルダーバッグをかけた馬バージョンの海を見送る。

他の魔物っ子たちは羨ましそうに海たちを見つめていたが、君たちは私の護衛のお仕事があるのだよ。

白だけはいまだラグヴィスに捕まっているから、遊んでいるのと変わらない気もするけど。

塔の周りには大勢の大工らしき人たちが動き回っていて、すでにお仕事を始めていた。

ドワーフたちが盗んだサンテートは、カイディーテによって資材置き場に戻されている。

あと、カイディーテがサンテートを運ぶと聞いたときに私も初めて知ったのだが、転移魔法を使わずとも魔法で荷物を運ぶこともできるらしい。

水魔法や風魔法では、魔力消費が大きいだとか、目視していないといけないだとか、火魔法は燃えちゃうから運べないとか、制限は多いみたいだけど。

土魔法での運搬は、荷物が土属性に関連するものと限定されるものの、地中を通して運べるそうだ。土の中を通すので目視はできないが、魔力を通す関係上、荷物は術者の真下にないといけないらしい。

移動速度も速くて馬車くらいって言っていたから、徒歩よりちょっと速い程度。それ以上は荷物が置いてけぼりになるんだって。

聖獣であるカイディーテにはそんな制限はなく、カイディーテが動かなくても荷物だけを移動させることが可能だった。

地中の奥、木の根っことかが邪魔にならない深さを、鉄骨がバビューンと移動しているのを想像するとちょっと面白い。地下を移動する鉄……つまり地下鉄だね！　お客は乗せられないけど！

サンテートが戻ったことで、今日は朝から建築工事を再開することができたわけだが、大工組合の長、ヴォノック親方の張り切り具合が激しい。

建築現場の外から眺めていると、親方が大きな声で指示を飛ばしているのが聞こえる。親方の姿が見えたと思ったら、塔の周りで作業している者たちに声をかけ、やり方を教えて回ったり、できあがりをチェックしたりと、一瞬たりとも立ち止まることがない。

お仕事ができて嬉しいというよりも、遅れを取り戻そうとしているのかな？

「工事の日程って、かなりよゆうを持たせて組みましたよね？」

ロスラン計画は国が主体なので、シアナ計画のときよりもしっかりと予定を組んで行っている。

シアナ計画はオスフェ家でやりたい放題やってたし、起きたらできあがっていたから、そういう進行状況とか把握していなかったね。

「技術開発と育成は順調で、早めに着工したから遅れているということもない」

塔の建設に必要なサンテートをH字型にする魔道具の製作や、サンテート同士をくっつける継ぎ手の開発などは早くに終わっているらしい。

たぶん、ヴォノック親方の圧力が恐ろしくて、作る側が必死だったと思われる。

それから魔道具の使い方を覚えたり、職人に継ぎ手の作り方を伝授したりして量産体制を整えたと。

ちなみに、私の大好きなツリーハウスはまだ着工していない。

なぜなら、宿屋組合から待ったがかかっているから。

宿屋組合管轄の宿泊施設になるので、デザインは自分たちでやりたいと言い出したのだ。

ツリーハウスは冒険者専用だし、そこまでこだわらなくてもいいと思うんだけど。

ただ、そうなった原因も私だ。秘密基地のコンセプトを宿屋組合がいたく気に入ったようで、大工組合の設計担当と日々熱い議論を交わしているそうだ。

私たちに気づきやってきたヴォノック親方に、現場を見てみたいと陛下がお願いした。

そして、ヴォノック親方にだけ、サンテートを盗んだのがここにいる少年たちであると教える。

最初、びっくりしていた親方は、すぐにラグヴィズに盗んだ理由を問う。

「あの不思議な形と計算尽くされた配分と、いろいろ刺激された」

サンテートに魅了されたからこそ、それを自分の手元に置いておきたいと思ったし、それをどのように使用しているのか凄く興味あると。

ラグヴィズは何度か塔を見にいっているものの、すべて夜中だったため、建設現場をしっかりと見ることができなかったらしい。

「お前さん、誰かに師事を受けてんのか？」

「……鍛冶見習いだ」

まだドワーフだとは言えないので、渋々といった様子で鍛冶見習いと口にするラグヴィズ。

本音では、自分を見習いとは言いたくなかったんだろうなぁ。

しかし、ヴォノック親方はラグヴィズの様子を斜めな方向に捉えた。

本当はしっかり学びたかったのに、クソ野郎な師匠にあたったのだろうって。

「つらかったな。俺の方からも嘆願《たんがん》を入れてやるから」

めっちゃ誤解されてる。

でも否定しちゃうと説明も面倒臭くなるから、ラグヴィズは苦笑しながらお礼を言った。

「見学はいいが、お嬢様はついてくるなよ？」

親方の発言にはさすがの私も驚いて、ラグヴィズを押しのけ親方の前へ出た。

「なんで⁉」

「危ねぇからに決まっているだろ！」

うっ、親方に正論を言われている……。

確かに、建築現場は関係者以外立入禁止だけども、一応、私も関係者だから！

「ヴォノック親方、私を弟子にしてくれるって言ってたのに‼」

現場を見学させないとはどういう了見だ！

「保護帽《ほごぼう》だけじゃ、お嬢様を守りきれないってことだ。服に文様魔法があったとしてもな」

保護帽とは、いわゆるヘルメットだけど、それ以外にも転倒や落下といった事故を起こしたときに身を守るための魔法がかけられている。

それならば、私にも秘密兵器がある！

「パウル、あれを用意して」

自分から使うなんて絶対にないと思っていたあれ。

ママン特製命綱！

ヴィが、これからも使うだろうってパウルに渡していたんだよね。本当に使うことになるとは……。

「これをパウルか森鬼につけてもらって、絶対に落ちないようにするから！」

「それは魔道具なのか？」

「はい。鎖の長さを調節でき、剣や魔法でも壊れないよう頑丈にできております」

パウルが私の代わりに説明してくれて、さらには性能をガシェ王国の王立魔術研究所が保証しているとまで言い切る。

まぁ、ママンが作ったものだから、王立魔術研究所の名前を出しても問題ないと思うけど、ちょっと大げさな気もする。

「ヴォノック、ユーシェとカイディーテにもお願いしておくから、心配はいらないよ」

「私といたしましては御身の安全のために、陛下にもご遠慮していただきたいのですが……」

陛下の身に何かあれば、ヴォノック親方の首が物理的に飛ぶ。責任が取れないからやめてくれって気持ちなのだろう。

「私にはユーシェがいるからね」

たぶん、親方的にはそういう問題ではないと思うけど、諦めてもらうしかない。

大丈夫、親方の首は私が守る！

私と陛下で親方を宥め、ようやく建築現場へ足を踏み入れることができた。

ちなみに、私の命綱はパウルと繋がっており、万が一が起こった場合は森鬼の精霊術で対処する。

パウル曰く、水の精霊にお願いすれば、ユーシェの力だと誤魔化すことができるから、だそうだ。

◆　◆　◆

ヘルメット、よーし！　命綱、よーし！　白もよーし！　指差呼称も完璧！

ようやく返してもらった白は、もし落ちてしまったときのクッション要員として動員された。

さすがに、高いところから落ちたときの衝撃をすべて吸収できるとは思わないけど、白とヘルメットにつけられている魔法と服の文様魔法があれば、無傷ですむ可能性も高い。

それでは、安全第一で行ってみよう‼

塔の周りには様々な資材が置かれており、鉄骨を吊り上げるクレーンのようなものがいくつも設置してある。

あんな大きなものでも魔道具でいいのだろうか？　魔力で動いているとしても、見た目は重機そのもの。タイヤはないので、屋上についているタイプね。

ただ、塔の高さがクレーンの稼働域を超えたらどうするんだろう？

鉄骨と鉄筋が網目状に伸びている外側には足場が組まれていて、何人もの人が働いているのが見える。中には獣人の姿もあった。

クレーンもどきと働く人々を横目に、まずは塔に繋がる大きく広い階段の下へと来た。

塔の土台は、土の精霊が悪戯《いたずら》した円形の土柱を利用しているので、入口が一階ほど高い場所にある。

白とグラーティアが壁登り大会をしたあの崖は、すでに石材で固められているそうだ。外から見る限りでは、ただの白い壁にしか見えない。

「この階段もそうだが、石材が傷つかないように表面を別の石材で覆《おお》っている」

私はそれを聞いて、階段の表面を手で触ってみた。目だけではわからなかったけど、思ったよ

りもザラザラしているね。

　でも、そのザラザラが手に付着することはなかったので、硬い石材なんだと思う。

　作った部分を保護するだけのものなので、完成したら回収するそうだ。

「回収なの？」

「あぁ。これは土魔法で変化させているんだ。元はほら、この通り……」

　親方は階段の一角に触れると白い粉がサッと落ちて、黒い色が現れた。

「この階段は黒い石を使っているが、あっちの壁は白い石を使っている。一番下、つまり最初は白だが、黒への階段を上る。冒険者に相応しいだろう？」

　黒は神様の破壊の力、ようは滅びを象徴する色なので、普通は祝いの六色でしか使用しない。

　それをあえて、階段を使って黒の冒険者になる第一歩だという激励《げきれい》を表現したようだ。

　神様の破壊の力を授けられたと思われるくらい、べらぼうに強いチートの称号が黒の冒険者なのだが、冒険者をやっているならいつかはって夢見ちゃうよね。

　階段を上りきり、扉のない入口をくぐる。中にも足場が組まれていて、床には石材が積み上がっていた。なんか、レンガみたいにも見えるけど、焼いた石材を使うとは聞いていないので、普通の石なのだろう。

　ちなみに、焼いた石材は陶器のタイルみたいに装飾で使われることがほとんどだ。

　こちらの世界では、石・泥・砂といった土属性のものを土魔法で形成して固めるだけで、それなりに強度のあるものが作れるらしい。

でも、田舎や庶民のお家は木造が多い。理由は土の魔術師の人件費は高く、木造の方が安くすむからなんだって。

「組んだサンテートの外と内に石材を積み、その中に液化させた凝固石《ぎょうこせき》を流し込む」

おぉ！　話には聞いていた凝固石！

凝固石もサンテートと同じで、ある性質を持つ石を混ぜ合わせて作る建築資材だ。特に、宮殿などのお城や砦といった頑丈さが求められる建物に使用されているとか。

私も実物は見たことないので、早く見たい！

「ぎょうこ石はどれ？」

まさか、あの積み上がったレンガもどきがそうなのか？

「こっちだ」

親方が促した先は足場の上だった。上がっていいようなのでワクワクしていたら、すかさずパウルに抱っこされる。階段くらい上れるのに。

二階分ほど上がり、鉄板で作られた通路に降ろされた。この通路には、レンガもどきより小さな石が綺麗に並べてある。

レンガもどきが長方形なら、こちらの石は正方形だな。

「これが液化する前の凝固石だ」

親方が石を一つ取り、私の手の上に載せた。

「うっ……」

私の両手に収まるくらいの大きさしかないのに、めちゃくちゃ重い。ずっしり、中身詰まってますって感じがする。

いろんな石を混ぜて作るからなのか、全体は青味がかった灰色で、所々がキラキラと虹色に反射していた。

腕がつらくなる前に、凝固石をラグヴィズに譲る。

ドワーフたちは新しい玩具を手にした子供のように、その石に群がった。

「石灰もそこそこ含まれているけど、針鉄《しんてつ》やフォス石なども入っているね」

「鋼玉《こうぎょく》の成分がやや多いか？」

「針鉄が入っていたら、フォス石は変質するだろう？」

凝固石に使われている石材を魔法で調べたのか、ドワーフたちだけで盛り上がっている。

「この凝固石をサンテートと石材の隙間に入れて、水をかける」

親方が実演してくれるみたいだ。

外壁、サンテート、内壁と綺麗に層みたいになっているけど、中を覗くと確かに隙間がいっぱいある。

その隙間にどんどん凝固石を置いていき、最後に大きなやかんもどきで水をドバドバとかけた。

「まぁ、水は目分量で大丈夫だ。『分散』の魔法で凝固石を粉状に戻す」

親方が隙間に手を突っ込んで分散と唱えると、灰色の濁った泥のように変化した。

そして、さらに『混練《こんれん》』という無属性の魔法で混ぜ合わせるそうだ。

「混ぜるのは『撹拌《かくはん》』では駄目なのかい？」

撹拌も無属性魔法で、調理でよく使う魔法だけど、混ぜるという効果が得られるのは同じだね。

「この通り、量も多いですし、粘度もあるので撹拌では混ざりきらないのです」

混ぜるのも力業でやらないと、ムラやダマができちゃうのかな？

混練でしっかり混ぜたあとは、謎の棒を持って、表面をトントン叩き始めた。

謎の棒、どうみてもお風呂で使う湯かき棒だよね？　先っぽに板がついてて、その面で叩く動作は、堅杵《たてぎね》で何かを潰しているようにも見える。

表面をトントンとまんべんなく叩けば終了だ。

あとは水と凝固石が反応して硬化し、乾くのを待つだけ。

途中で気づいてはいたんだけど、コンクリートに似ている。工事現場で見るコンクリートは、ドロッと感がもっと強いがこんな感じだった。

「そういえば、あの石はどこに使うの？」

「あれは内側の壁用だな」

レンガもどきを数個並べて、魔法でくっつけて、なんならちょっと湾曲《わんきょく》させることもできるらしい。

それで繋ぎ目がなくなり、強度も上がるんだって。

というか、土魔法って超便利じゃない!?　ガシェ王国の初代国王が土魔法で砦とかお城を作ったって逸話も納得だわ。

「サンテートはどうやって繋いでいるんだ？」

ラグヴィズの質問に、親方は外の方が見やすいだろうと言って、場所を移動することになった。

外の足場に行く前に、親方はわざわざ資材を広げて一つ一つ説明し始める。

サンテートの継ぎ手に関しては、見本を見せてもらったことがあるので知っているけど、見たことない形のものもあった。

「こいつはサンテートを直線に繋げる継ぎ手で、こっちが直角。これが縦横四方向……」

ドワーフたち、鍛冶師じゃなくて大工になるつもりなのかと勘違いしそうになるほど真剣な様子。これは現場見学というより、親方に教えを受ける弟子の図だね。

ちなみに、継ぎ手の発案も私ですよー！

ガス溶接みたいに火の魔法でサンテートをくっつけてもよかったんだけど、親方が溶接部分が弱くなって上層階が不安だって言うから頑張って捻《ひね》り出したの。

そうしたら、塩ビパイプのジョイントみたいになってしまい、形を複雑にした自覚はある。

パイプなら円形なので分岐させるのも簡単だが、鉄骨はH字だったりコの字だったり、四角もあるので、分岐が増えれば増えるほどとんでもない形のジョイントになった。

それを作らされた鍛冶師たちに申し訳なさを感じるし、なんならもっと簡単にできたのではと思う。

さらに言うなら、既存の技術でも建てられたのではないかと疑っていたりもする。

「これだと接合部が広いから、摩擦《まさつ》による疲労が早く出るのでは？」

「問題ない。それも含めて、サンテートの強度を上げてある」

フラールさんの旦那さんが質問すると、親方はよくぞ聞いてくれたという顔をした。

話がどんどん専門的になっていき、正直もうついていけない。

そして、ちょっと飽きてきた。早く外側の足場に上りたいんだけどなぁ。

9 緊急事態発生か!?

やっと、外の足場に上らせてもらえた。

まだまだ下層部なので森の木より低く、見晴らしがいいとは言えない。

でも、高いところは気持ちがいい。

ヴォノック親方の難しい話を聞き流し、高いところで新鮮な空気を吸ってリフレッシュする。

人が動いているのを上から見ると、下から見ていたときとは違う発見があるね。

下で働いている人たちを目で追いかけていたら、クレイさんがこちらに来ているのが見えた。

どうしたんだろうと思っていたら陛下が反応した。

「ユーシェ！」

塔に入ることができず、近くでお昼寝していたユーシェとカイディーテは、陛下の声にすぐさま応える。

ユーシェが雄々しく嘶《いなな》けば、陛下の前に水が発現し、あっという間にウォータースライダーが完成した。

以前、私が作ってもらった筒状のウォータースライダーではなく、滑り台タイプのものだ。陛下は颯爽《さっそう》と手すりを跳び越えて、ウォータースライダーを立ったまま滑り下りていく。

「ふぉぉぉ‼　かっこいい‼」

陛下がバランスを取りつつ水飛沫を巻き上げながら滑ると同時に、通ったあとのスライダーはふわりと霧散する。空中に散った水滴が光を受けてキラキラと輝き、たなびく衣装、揺れる長い髪。そのすべてが映画のワンシーンのようだ。

ローアングルから撮れば、陛下の凛々《りり》しいお顔も見られただろうに。

そして、数秒足らずでクレイさんの目の前に到着した。

「何あれ!?　私もやりたい!!」

私だけでなく、魔物っ子たちも羨望《せんぼう》の眼差しで陛下を見ている。わかるよ、やってみたいよね！

手すりの下から身を乗り出すように陛下を見ていると、グイッとお腹のベルトを引っ張られてパウルに確保された。

そして、近くにラグヴィズがいるからか、耳元で私に告げる。

「ネマお嬢様。お嬢様の運動神経では無理です」

失礼な！

私の怒りを察知したのか、パウルは続けた。

「滑り始めた次の瞬間にはお尻から転《こ》けて、そのまま最後まで滑っていく姿が目に浮かびます」

うわぁ……本当に浮かんでくるわ。尻餅ついて、体勢を戻せないまま滑っていく自分が見える。

でも、体を支える棒があれば、立ったまま滑れるのでは？

ふむ。これは一考に値する遊び方だな。

パウルへの怒りも忘れて、私が新しいウォータースライダーの形を考えようとすると、陛下に下りてくるよう言われた。

ラグヴィズたちは少し不満そうだけど、陛下の顔が深刻そうだったので何も言わず従っている。

「どうしたの？」

「急いで宮殿に戻らなければならなくなった」

宮殿で何か大変なことが起きたようだ。珍しく陛下に焦りが見える。

「ネフェルティマ嬢は一緒に戻るように。ラグヴィズたちはもう少しいても大丈夫だ。帝都まで護送する人員は残しておくから」

陛下が視線をやった先に、遠いけれど大きな馬車があった。側にいる人たちは軍人かな？　犬っぽい尻尾を持つ獣人の姿もあり、ちょっと気になる。

「ヴォノック、クレイも戻らせるから、あとは頼んだぞ」

「畏《かしこ》まりました」

どんどん物々しい雰囲気になっていき、パウルは急いで海たちを呼び戻して帰る準備を進める。

そんな中で陛下は、ラグヴィズに警衛隊の隊員を引き合わせた。

行きも帰りも同行していた隊員なので、もちろんラグヴィズも知っている。たぶん、軽く会話もしていたはずだ。

「君たちを帝都の軍本部へ連れていく護送隊の責任者だ。今は違う制服を着ているが、正真正銘、我が帝国軍の者なので安心してくれ。それと、彼は猴《こう》族の獣人だ。他の者たちも獣人かエルフ族にしてある」

猴族って初めて聞くけど、祖となる動物はなんなのかな？

隊員の彼は、普通に人間に見える。獣人特有の耳も尻尾もないし、肌も人間の肌だ。目はわかりづらいけど、瞳孔も縦長や横長でもない。

「改めて、俺は護送隊の責任者でシンミヤ・キルブだ。よろしく願う。ラグヴィズ殿たちは急がなくてもいいとのことなので、こちらで一泊し、明日出発しようと思うが異存はあるか？」

「いや、僕たちは従うだけだから、あんたたちの好きにしていいんだけど？」

思わぬ展開にラグヴィズも凄く困惑している。

私は私で、猴族がなんなのか質問したかったけど、そんな雰囲気じゃない。

そうこうしているうちに、出発するからとパウルが呼びにきてしまった。

「ラグヴィズ、またね！　きゅうでんで会えるよう、へいかにお願いしておくから！」

「お姫さん、気をつけてな！　てか、宮殿なんて僕が行けるわけないだろ！」

だから陛下に頼むんだよ！

あ、しまった。陛下の妹が嘘だってこと伝えてない……。

猴族のお兄さん、ラグヴィズに本当のこと教えてあげて！

そう念を飛ばしてみたけど、たぶん届いてない。

行きと同様、ユーシェに乗せられ、星伍と陸星を抱えることになった。しかし、陛下が急ぐために行きよりも速度を上げると言うので、ここでも命綱が登場した。

ユーシェ特製、水の命綱だ。

水の命綱が星伍と陸星を支えてくれるので私は楽になったけど、それをありがたがっている場合ではない！

命綱のおかげか、乗る者への配慮がいらなくなったユーシェはこんなに速く飛ぶことできたのっていうくらいスピードを出している。ワイバーンが離されてきているけど大丈夫なのだろうか？

陛下に何があったのか聞こうにも、ユーシェと念話をしていたり、精霊たちと話をしているので無理だった。

そして、行きの半分くらいの時間で宮殿に到着した。

宮殿の広場にはお出迎えの人たちが集まっていたが、陛下は私に明日説明するから今日はここでと言って、お出迎えの数人を引き連れて去っていく。

私は、星伍と陸星、陛下の警衛隊の居残り組とで、後続が到着するのを待つしかなかった。

私の護衛のために残ってくれた警衛隊の隊員さんと世間話をしていたら、ようやくワイバーンが到着する。

パウルは陛下に置いていかれた私を見て、いつまでもここにいてもしょうがないのでお部屋に戻りましょうと促す。

予定より早い帰宅だったため、お姉ちゃんは学術殿《がくじゅっでん》に行っていて部屋にはいなかった。そんな誰もいない部屋で一人お留守番していたスピカは、尻尾が取れてしまいそうなほど振り回して歓迎してくれる。

「ネマ様ーー‼」

「スピカ、お留守番ありがとう。何もなかった？」

「お部屋とカーナ様には問題ありません。ただ……宮殿では、誰かが逃げ出したって獣人仲間が教えてくれました」

　スピカの話を聞いた私は、荷物をほどくパウルに質問してみた。

「何があったのか知ってる？」

「わたくしもまだ把握できておりません。すぐに調べますので、少々お待ちください」

　ということで、パウルは情報収集のために部屋を出ていき、荷ほどきのお仕事はスピカに任された。

　パウルが帰ってくるまで暇なのでみんなで遊ぼうとしたのだけれど、星伍と陸星はもう疲れ切っている。ユーシェのスピードに酔ったのかもしれない。

　二匹にはお昼寝するようにすすめて、私は邪魔にならないように稲穂をブラッシングすることにした。

「稲穂、おいでおいでー」

　ブラッシング用のブラシは数種類用意して、稲穂の気分に合わせて変えていく。

　最初は金属製の固めのブラシを当てたけど、抜け毛処理の気分ではないらしい。なので、柔らかい獣毛のブラシでマッサージするように、頭からお腹、尻尾を丁寧に丁寧に撫でる。

ちゃんとパウルがお世話しているからか、抜け毛の量は少なかった。

毛並みを整え、艶々《つやつや》になったところでお腹に顔を埋《う》め、尻尾を抱きしめ、ふわふわふかふかになった毛並みを堪能する。

　お腹の毛は背中側と比べると毛が細く柔らかいので、お腹の脂肪的な感触も伝わってきた。尻尾の弾力とホカホカと発熱するアンダーコートはまさにリアルファー！　冬は稲穂を首に巻けば寒いもの知らずなはず。

　しばらくすると、されるがままだった稲穂が立ち上がり、トテトテと部屋の隅へと歩いていく。

どうしたんだろうと思ったが、あちらの方向には稲穂用のトイレスペースが設置してある。

自然が呼んでいたようだ。

デリケートな時間なので見ないようにって思ったけど、ついガン見しちゃうよね。

だけど、稲穂が凄い踏ん張っているので察した。

私と同じく、スピカも察したようで、すでに両手にお掃除セット持ってスタンバイしている。

よし、私も手伝おう！

稲穂のトイレを綺麗にしたところで、パウルが戻ってきた。

「おかえりー」

「少しだけですが、情報が集まりましたのでお話ししますね。先にお茶を用意しましょう」

お茶を飲みつつ、パウルの報告を聞く。

すると、なかなか大変なことが起こっていたようだ。

私は初めて知ったんだけど、交遊会事件に関わっていた洗濯係の女性を宮殿から連れ出した、実行犯と目される男性が捕まっていたらしい。その女性を殺した疑いで尋問をしていたのだが、牢屋から脱走したんだって。

「だから、へいかが急いで帰ることになったの？」

「いいえ、その男は軍部の複数の部隊が追っているそうです。陛下がお戻りを急いだのは別の理由だと思われます」

「その理由はわからなかった？」

「ええ、宮殿の警備がさらに増えたくらいしか」

うーん、パウルでも探れないということは、念入りに秘密にしているってことだよね？

「明日、へいかが説明してくれるのを待ちましょう」

交遊会の事件に関することなら陛下はちゃんと話してくれるだろうし、それ以外なら他所様のお家のことなので、言われるまで大人しくしているしかない。

◆◆◆

翌日、姉妹揃って陛下に呼び出しされた。

前はヴィが国代表兼保護者として私の隣にいたけど、本当の保護者代理はお姉ちゃんだからね。

「大変なことじゃなければいいんだけど」

「そうね。宮殿の雰囲気がよろしくないもの。ネマが安心して遊べるようにしてもらいたいわ」

お姉ちゃんが心配で学術殿に行けないとか言い出したので、不登校にさせないために聖獣がいれば安全に遊べるからと、必死になって説得した。

特にユーシェは呼べばすぐ来てくれるし、私のくだらない遊びにも嬉々として付き合ってくれる。本当にいい遊び相手だ。

サチェも私が何かに夢中になっていると魔物っ子たちの面倒を見てくれたり、カイディーテは遊びに加わらなくても監視役として見守ってくれる。

お姉ちゃんにいつもどんなふうに遊んでいるかを教えていると、いつもの会議室に着いた。

「陛下、わたくしもお呼びくださりありがとうございます」

「いや、ネフェルティマ嬢に関わりがあることだから、カーナディア嬢も把握しておいた方がよいと思ってな」

そういうわけで、陛下が何が起きたのかを教えてくれた。

まず、洗濯係の女性殺害に関わっていた男性はしばらく前に捜査班が逮捕してたんだって。地道に捜査を続けた成果だ。

しかし捕まえたはいいものの、男性はけっして口を割らず、拷問にも耐えるため、尋問に手こずっていたそうだ。次の手段に移ろうというときに脱走してしまったんだと。

脱走を手引きした人は即逮捕されたそうだが、名の誓いを盾に黙秘をし、免責取引とやらも拒否しているらしい。身内を人質に取られている可能性もあると見て、捜査班が急いで調べている。

なんとか男爵は我が身大事と、自分から免責取引を持ちかけたって聞いたけど、家族が人質にされていたらそりゃあ必死に秘密を守るよ。

「それだけなら、私が急いで戻ることもなかっただろうが、一つ厄介な報告もあってね」

脱走した男性の足取りを追っていると、とある貴族の屋敷にたどり着いた。

そして、その屋敷では仮面で顔を隠した人々を招き、夜会を開いていたそうだ。

「それでそれで？」

なんか、二時間サスペンスの様相《ようそう》を呈《てい》してきたぞ！

そこで脱走した男性が死亡していたりしたら、それこそ真の黒幕を暴《あば》くストーリーが展開されそう。

「その屋敷の持ち主自身は、特に主だった派閥に所属する者ではなく、言うなれば中立の立場にいる貴族だった。しかし、素性を隠した夜会を開いたということは、派閥に関係なく動く理由ができたということだろう」

その夜会では、ある高貴な女性の失脚または暗殺の話がされていたそうだ。

誰もその高貴な女性の名前を出さなかったので、推測でしかないそうだが、狙われているのは皇后様ではないかって。

それで、陛下が慌てて帰ったわけだ。

「皇后様に害はございませんでしたか？」

まさか皇后様に繋がるとは思わず、私が驚いて固まっているとお姉ちゃんが代わりに問いかけてくれた。

「あぁ、捜査班がすぐに知らせてくれたおかげで警護を強化できたし、外出する公務にはすべてエリザが同行するようにしている」

皇后様と皇女様の組み合わせになれば、そりゃあ大人数なご一行になりそう。

いや、少人数でホイホイお出かけする方がおかしいのか。誰とは言わないけど。

「脱走した者と交遊会での事件、皇后様を狙う者たちの繋がりはわかっているのでしょうか？」

「今、軍を動かして探らせている」

捜査班だけでなく、諜報部とかいろいろな部隊が動いているのだろう。ひょっとしたら、特命部隊にも命令を出しているのかもね。

「脱走した人はどうしたの？」

「屋敷から出ていないようだが、このまま泳がせるつもりだ」

これは……黒幕を引っ張り出すための布石で、証拠が掴めたら一網《いちもう》打尽《だじん》にするパターン！

もしくは、陛下がその場に乗り込んで、控えおろうってするのも見てみたい！

「へいかがおきさき様のために悪い奴をやっつけるんでしょ？」

「そうだよ。私の后に手を出そうとしたことを深く後悔させてやろう」

陛下の目がマジだ……。

陛下は愛妻家だし、本当に乗り込んで大立ち回りやっちゃったりしないよね？

今の陛下の表情を見ているとちょっと不安になる。

10 特命部隊の一日。 視点：森狼族の班長

ダオルーグ殿下の交遊会にて毒が盛られる事件が起きてから、我々の部隊にも緊張が強くなった。

特命部隊に命が下りてくることはなかったが、いつ呼ばれてもいいようにと情報を集めることは怠《おこた》らない。

しかし、思いもよらぬ任務を任されることになった。

「ドワーフですか？」

皇帝陛下がドワーフを探しにいくから、転移魔法陣を設置できる隊員を同行させると言ってきたらしい。

我々、特命部隊への命令権は皇帝陛下と帝国軍総帥しか持たない。そして、特命部隊の隊員はその命令に否を唱えることは許されないのだ。

たとえ、皇帝陛下が皇帝として相応しくない行為におよぼうと、他の貴族や国民から非難される行為だろうと、命じられれば従うまで。

ただ、正直なところ、ドワーフって本当にいるのかと疑問に思ってしまうのは仕方ない。

「なぜ私が呼ばれたのでしょうか？」

私は森狼《しんろう》族の獣人だ。生まれ持った能力のおかげで特命部隊の中で班長をしている。部下もす

べて狼《ろう》族で編成されている班のため、戦闘以外の任務に就くことはほぼない。

それとも、ドワーフ族と戦うのか？

「ドワーフは人を嫌うそうだ。ドワーフが見つかり、その集落に転移魔法陣を設置したら、ドワーフ族の監視役に獣人かエルフをつけるようにと言われている」

理由を説明されても、私はまだ釈然《しゃくぜん》としなかった。

それならば、獣人とエルフでその場限りの班を編制するべきだと思うのだが？

私が指揮する班は、戦闘に特化した特性を持つ獣人ばかりだ。虎《こ》族など適した獣人と比べて監視役には向いていない。

通常は、種族関係なく、ある特化した能力によって編成されている班と、能力の均衡をとって編成されている班で動く。しかし、任務ごとに特別編成が組まれるのも珍しくはないし、同一種族だけで組まれた班もある。

だからこそ、戦闘主体の我々が選ばれた理由が別にあると思ったのだが……。

「この任務にはエルフで編成されているアルマ班と獣人で編成されたお前の班であたってもらう。明日までに割り振りを決めておくように」

「了解いたしました」

部隊長の部屋をあとにし、ともに任務にあたるアルマを探す。

班長だけが使用する共同の休憩室にはおらず、他の班長にも今日は姿を見ていないと言われた。

となると、いつもの場所で怠《なま》けているに違いない。

昔の要塞をそのまま使用している軍本部には、様々な訓練施設が作られている。

そのうちの一つ、水中での活動訓練用の大きな池。今日は、どこも訓練を予定していないのか、静かな水面《みなも》が広がっていた。

そんな水面に、私は思いきり拳を叩き込む。大きな水音とともに激しく波打つ水面。

それらが収まると、この池にいるであろう人物に語りかけた。

「アルマ、時間が惜しい。早く出てこい」

すると、池の真ん中が大きく盛り上がり、中からエルフが出てきた。

エルフはゆっくりと水面を歩き、池のほとりまで来ると私を睨《ね》めつける。

「せっかくお昼寝をしていたのに……」

恨めしそうに言ってくるが、今は昼時にもなっていない。朝と昼の間ではあるが、昼寝ではないことは確かだ。

「今度の任務のことで、決めなければならないことがある。会議室を押さえてあるから、お前の班を招集してくれ」

「……わかったよ」

アルマは、水の精霊と親和性のあるジュビ族のエルフだが、人との混血だという噂があった。

さらに、宰相であるゼアチル様の孫ではないかと噂が流れているのも知っているが、アルマもゼアチル様も何も言わないので真偽は不明だ。

仮に、本当に孫だったとしたら、建国時からある名家のお坊ちゃんが特命部隊にいるのはどうなのかと思う。

　かったるそうに歩いているアルマを見ると、日頃の態度が思い出された。あいつがお坊ちゃんとかありえないな。

　先にアルマとの打ち合わせをすませ、班員たちとの会議へ向かう。

　途中、私がいればいいだろうと、会議への出席を拒むアルマを引きずっていくのは大変だった。

　アルマとともにようやく会議室に入ると、すでに両班の班員が揃っていた。

「遅くなってすまない」

「いえ、うちの班長がすみません」

　アルマ班の副班長が謝罪するも、私はいつものことだからと笑って返す。こいつの怠け癖は、特命部隊でも有名だしな。

「では、新たな任務を説明する」

　先ほど部隊長から説明されたことを漏らすことなく班員たちに伝えた。

　特命部隊では基本、紙による記録を残すことが許されない。許されているのは、どんな任務を受けたのかを部隊長が記録しているものか、陛下や総帥に報告書を求められたときくらいだ。

　そして、ドワーフという言葉に私の班員たちが驚きの声を上げる。

「本当にドワーフっているんだ……」

　その呟きに、他の班員も深く頷いていた。

「任務中の行動は組で行い、陛下が行幸《ぎょうこう》されている間は常に待機だ。そして、転移魔法陣が設置されたらすぐに交代するように。では、アルマ班とルーヴァ班、二人一組で割り振りを決めるぞ」

私たち狼族の獣人は戦闘だけでなく、匂いや音で状況を把握するのも得意としている。そして、アルマ班のエルフは精霊の力を借りることができる。つまり、精霊を通して伝達が行える強みを持つ。

陛下がドワーフを発見したら、精霊が知らせてくれることになっており、転移魔法陣が開けば待機している班員がすぐに飛ぶ。

その後は、ドワーフの集落を監視または警護し、有事の際はアルマ班員が精霊を用いて全員に知らせる。その間アルマ班員を守りながら動くのが私の班員の役目だ。

「準待機は四組、残り二組は休みとなるが、陛下が還幸《かんこう》されるまで本部から出ることを禁ずる。それ以降は変更がなければ、イェリードの城下町なら外出が許可されるだろう」

状況によっては休み組も駆けつけなければならないことも予想されるので、陛下の行幸中はすぐに動けるよう全員本部に詰める。

過去には季節が変わるまで詰めている任務もあったので、数日なら短い方だ。

「では、相勤員《あいきんいん》を発表するぞ」

アルマ班とは何度か合同任務をこなしているため、誰が相方になるのか予想がついている者は、互いに目配せし合っていた。

班員たちの表情を確認し、頭の中で少し組み合わせを変える。

相方となる相勤員を告げ終えると、次は当番についての連絡だ。

転移魔法陣の側での待機は一日三交代制で順にこなしてもらうが、設置以降はドワーフの集落で当務《とうむ》となる。

一組で当務を行い、準待機組が有事の際の応援のための待機組へと変わる。

「ドワーフの集落では気を抜くことはできないだろう。仮眠は相勤員と相談の上、各自の判断に任せる」

せめてもう一人いれば仮眠も取りやすくなるのだが、人数が多いとドワーフに警戒されるだろうとアルマに止められた。

なので、二人一組のややきつい体制を取るしかなかったのだ。

「それと、エルフ族は誓約《せいやく》に反することはやらなくていいが、必ず口頭で説明すること。我々には精霊が見えないし、声も聞こえないので、齟齬《そご》をきたす恐れがある」

その他の注意事項もしっかりと伝え、班員からの質問にも答えた。

「陛下が行幸される日までは休みとなるが、羽目を外しすぎるなよ。任務に支障をきたす行為を行った者は懲罰《ちょうばつ》対象だぞ」

エルフ族は危ないことをする印象はないが、私の班員にはやんちゃな者もいるので少し心配だ。

お前のことだぞ、と若い班員に視線で訴えれば、当人は気づく様子もなく締まりのない笑みを浮かべた。

班員たちが退室し、私とアルマ、アルマ班の副班長の三人だけになると、アルマは机に上半身を投げ出してだらけ始める。

「どこの奴らか知らないけど、なんで見つかるようなことしちゃったかなぁ～。本当に面倒臭い。わたしの当番もパルハがやっておいてくれない？」

自分の仕事を副班長のパルハに押しつけようと、甘える声でお願いするアルマ。

「嫌です。それに、そんなこと言っていいんですか？　陛下の行幸に、あのお方もご同行されるそうですよ」

「えっ⁉　それ、本当？」

班員たちにも説明した通り、エルフ族はドワーフ族と誓約を交わしているそうなので、私がいる前では曖昧なことしか言わない。

それでも、アルマが喜ぶ何か……いや、誰かが関わっていることは察せられた。

「ひょっとしたら、お会いできるかもしれませんので、班長にはぜひとも頑張っていただかねば」

副班長も期待しているのか、いつもならアルマを甘やかすのに今日は発破をかける。

二人がこんな姿を見せるのは珍しいので、誰なのかわからないが、私も少し会ってみたいなと思ったのは内緒だ。

陛下が行幸に向かわれる日。

待機当番組、準待機組でお見送りに参加した。

エルフたちが見たこともない満面な笑みで、陛下ご一行を見つめていて少し気持ち悪い。

「本当に可愛らしい……」

「精霊様のあんなお姿を拝見できるとは！」

精霊様に興奮しているエルフを見て、エルフは精霊様が関わるとおかしくなると聞いていたけどこれかと納得する。

珍しい姿が見られたなと思っている間に、陛下ご一行が出発された。

「聖獣様がいらっしゃるからなぁ」

「すぐ見つかっちゃうでしょうね」

エルフたちがそんな話をしていたが、聖獣様がいると何か違うのだろうか？

情報を共有すべきとアルマが判断すれば、報告してくれるはず。

しかし、陛下がドワーフの集落を発見したとの一報で、エルフたちの言葉の意味を理解することとなった。

私自身、ドワーフのことは半信半疑だったので驚いた。エルフたちからすると、聖獣様の導きがあれば見つかるのは必然だと思っていたらしい。

それから少しして転移魔法陣が設置され、こちらの本部とドワーフの集落が繋がった。

すぐに側で待機していた組が転移し、入れ違いに陛下に同行していた隊員が戻ってくる。ドワーフの集落の様子を聞き、陛下からの追加の命令を受け取った。

警護をしつつ、情報を集めるようにと。

「そういえば、ドワーフの集落にはバジリスクとダムダがたくさんいるらしい」

戻ってきた隊員はついでのように話すが、それを早く言ってくれ。

急いで石化防止の魔道具を用意させ、当務にあたっている組に送ったのは言うまでもない。

ドワーフの集落に送り込んだ班員に真っ先にさせたことは、集落の警備体制の確認だ。

陛下が警護しろと仰《おっしゃ》るからには、外から襲われる可能性があるということだ。

当務を終えて戻ってきた班員の報告を聞いて、我々には考えもつかない方法が取られていたことにまず驚いた。

私が無知だったのだが、触れただけで生き物を石化させる石の存在を初めて知った。

それが塀の上に敷き詰められているようだ。侵入者がそれと知らずに登ろうとするところを想像し、あまりのえげつなさに唸《うな》る。

たくさんいると言われたバジリスクとダムダも、ドワーフたちがあえて放しているらしい。

バジリスクはまぁいいとして、ダムダはさすがに引く。

夜行性のダムダは昼間はただの石ころにしか見えない。気づかずに石を拾った者が石化の被害に遭うなんて事故が毎巡そこそこ起きている。

ダムダの魔力はそれだけで石化の効力を持っていて、目を通して体内に入り込む。頭や心の臓に達するまでにその魔力の流れを断たないと女神様のもとへ旅立つことになる。

処置が早ければ治癒魔法を継続することで死ぬことはないが、多くの者は眼球が石化してしまい両目を失う。

小さいくせに本当に厄介な魔物なのだ。

「あと、動物用だと言っていましたが、周囲の森にかなりの数の罠が仕掛けられています」

その罠は、対人にも使えるということか。

気をつけないと、引っかかる馬鹿が出そうだな。

「今の報告内容もしっかりと引き継いできたな？」

「あっ！　一つだけ伝え忘れたことがあります」

内容によっては、エルフ同士で伝達してもらおうと班員に続きを促す。

「ドワーフの集落には癒やしがいません！」

「……癒やし？」

治癒術師がいないということなのかと質問しようとしたら、班員は耳も尻尾も下げて悲しげに呟いた。

「女がいないんです……」

「はぁぁ？」

「女はいるんですけど、男にしか見えないんです。逆に男は子供の姿なのに可愛げがなくて……」

「そんなに女が欲しいなら、女ばかりの部署に異動させてやろうか？」

しょうもない報告に怒り半分で提案すると、班員はきっぱりと嫌ですと答える。

女に囲まれたいのではなく、美女を眺《なが》めたいのだと。

気持ちはわからなくもないが、それは言わなければならないことだったのか？

ドワーフの男が子供の姿をしているというのは驚きではある。しかし、エルフの土のジュド族だって子供みたいな小さい姿なんだし見慣れているだろうに。

「オレはいい匂いがしてたおやかな女を番《つがい》にするんです」

それは狼族の男なら誰もが理想とする番像だ。私だってそんな女性を番に迎えられたらどんなにいいか。

「班長ももういい歳なんですから、早く番を見つけないと……」

「お前がしっかりしてくれれば、私も安心して異動願いを出せるんだが？」

特命部隊では、特定の異性を作ってはならないという決まりがある。番がいるとそれが弱点になるからだ。恋人や妻子が人質に取られても、任務を一番に優先しなければならない。

恋人や妻子を犠牲にしないためにも作られた決まりだ。そのため、恋人を理由に異動願いを出すとすぐに受理される。

特命部隊の入れ替わりは激しいが、獣人は番にこだわる傾向があるため、人と比べると入れ替わりの頻度は少ないように思う。男女ともに特定の異性を作らず、その場限りなんて種族もいるにはいるが。基本、番ってしまえばそのあとはとにかく早い。

逆にエルフたちは寿命が長いため、働くことに飽きたら番を探すと言って、長く所属している者ばかりだ。

「いやー、無理っすね」

あっけらかんと言い放ったこいつに説教をするのは当然の流れだった。

◆　◆　◆

私が当務の日になり、これでようやく一周が終わる。

転移魔法陣で相勤員のエルフとともに飛び、交代の引き継ぎを受けた。

「ここの長代理に挨拶してくる」

「ルーヴァ班長、魔道具をつけるの忘れていますよ」

相勤員の風のジュダ族のエクトが私に石化防止の魔道具を渡してくれた。

「あぁ……忘れていた」

他の班員たちからいろいろと衝撃的な報告を受けていたため、昼間はバジリスクが放し飼いされていることを失念していた。

透明な素材で作られている魔道具で目を覆い、発動させる。発動したからといって視界が悪くなることもなく、少し邪魔くさいくらいだ。

転移魔法陣が設置してある建物から出ると、不思議な光景が広がっていた。

話には聞いていたが、山盛りの土の中が家だというのは本当のようだ。

そして、先ほどからチラチラと住民から視線を向けられる。

軽くお辞儀をしながら住民とすれ違うも、ドワーフの女が青年にしか見えないことに内心で驚く。女というからには、男っぽくてもどこか女らしい部分があるだろうと思っていたのだ。

獣人も種族によっては男っぽい女の方が好まれることがあるが、ドワーフ族とは種族の根本から違うのだと感じる。

班員から聞いていた、長代理がいるという建物の扉を叩く。

山盛りの土ではなく、独特な形をした小屋にいつもいるらしい。

「どうした？」

住民の誰かだと思ったのだろう。

扉を開けたら知らない獣人がいて、扉を開けたドワーフはしばしの間固まっていた。

「お忙しいところ失礼します。私は皇帝陛下よりこちらの警護を命じられた隊の班長をしている者で、ご挨拶にと参りました」

「あぁ！　わざわざどうも。よければ中にどうぞ」

小屋の中に入り中を見回すと、どうも作業場のようだ。桶や大きな金槌、何かの石の山、奥に見えるのが炉か。

長代理は丸太の椅子を出してきて、私にすすめてくれた。

「改めて、班長のルーヴァと申します」

「長のラグヴィズが帰ってくるまで代わりの長をやることになったルディヴァンだ」

ルディヴァン殿の対応から、歓待してくれていることが伝わってくる。

来てくれたのがあんたたちでよかったと言われたときは、少々意外に思ったほどだ。

詳しく話を聞くと、やはり人は信用できないから集落に入れたくなかったのだと言う。

交流のあるエルフ族を間に挟み、私の班員たちが親しげに接したことでよい印象を抱いてくれたようだ。

たまに重い荷物を運んだり、罠にかかった獲物を回収するのを手伝ったりしていたとの報告は受けていたので、住民との関係は良好だとわかってはいたが。

「そう言ってもらえると助かる」

簡単な挨拶が終われば、長代理が住民に紹介してくれるというので言葉に甘えた。

そして、夕食の時間になると近隣の住民がおかずを持ち、代わる代わる詰め所にしている小屋に顔を出してくれた。

ただ、一つだけ困ったことがある。寝室が地下に作られていることだ。

これでは仮眠中に何かあったときに音で判断できなくなるし、呼びにいくのにも時間がかかってしまう。

たまたま団子を差し入れにきてくれた老ドワーフが困ったことはないかと聞いてくれたので、私は正直に伝えた。

すると、老ドワーフはその場で空気を取り入れる通気口を大きくし、一階から声が届けられるように伝声管《でんせいかん》まで取りつけてしまったではないか。

「……ご老人、この金属はどこに隠してあったのですか？」

ドワーフは土魔法を使えるとのことだったので、地下から地上に穴を空けてあるだけの通気口を大きくできるのはわかる。

しかし、素材になりそうなものを何も持っていなかったのに、伝声管を作った金属はどこから現れたのか？

「それは……商業機密というものじゃよ」

と、笑って教えてはくれなかった。

ドワーフ独自の魔法でもあるのかもしれない。

こうしてドワーフの集落では、長閑《のどか》な時間を過ごすことができた。班員たちも、当務の日がくるのを待ちきれない様子だ。

宮殿ではドワーフのことはまだ極秘扱いで、一部の者しか知られていない。

それに、交遊会の事件で動きがあったらしく、他の班が複数駆り出されていた。そちらの方の情報は我々に流れてこないので、どうなっているかはわからないけどな。

陛下を筆頭にいろいろと動いているようだが、我々はドワーフの集落での生活を思いのほか満喫している。

11 戦いのときほど精霊様は可愛い。　視点：エルフ族の班長

　仮眠を終えて一階に上がると、いい匂いが漂ってきた。

　さっきまでは何も感じていなかったのに、急にお腹が空いてくる。

「お腹空いたー」

「アルマ班長……ちゃんと装備はつけてください。いつ何があるかわからないんですから」

「君、ルーヴァに感化されすぎだよ。ずっと気を張っているともたないよ？」

　別にわたしだって無作為に怠けているわけじゃない。頑張らなくていいときは頑張らないだけ。やらなくてはいけないときは、それなりにやってはいるんだよ？

「いや、任務中だけでもちゃんとしてくれないと、私が被害を被《こうむ》るんですよ」

　相方のヨーク君に被害がいくなんてことあるわけないのにね。こう見えても、わたしを可愛がってくれる精霊様の中には、高位の方もいらっしゃるのだから。

　ちゃんと精霊様にお願いして、ヨーク君を守るよ？　まぁ、絶対とは言えないけど。

「大丈夫、大丈夫。それより、今日のご飯は何かな？」

「本当ですか？　お隣のローズルさんがチャーを作ってくれました」

　魔道具の効果で湯気を上げるお鍋を覗く。野菜がたっぷりと入ったチャーがとても美味しそうだ。

野菜のみのチャーなのは、わたしがお肉苦手だと言ったことを覚えてくれていたからだろう。

ありがたいご厚意に感謝しながら夕食を食べ、夜に備える。

夜が一番警戒しなければならない時間なので、ヨーク君には昼に仮眠を取ってもらい、わたしは夕方から仮眠を取った。

ドワーフたちが就寝するにはまだ時間があるけど、いつもこのくらいから本格的に周囲を警戒し始める。

「今日もダムダは元気だねぇ」

ドワーフたちは家に篭もっており、集落にはわたしたち以外の姿はない。

動くものは、道の上をコロコロと転がるダムダだけだった。

「これがないと怖くて外に出られませんけど」

これ、と魔道具に手をやるヨーク君。彼にとっては邪魔なもののようだ。しかし、それがなければ獣人である彼は石化してしまう。

「獣人はいろいろと鋭いから逆に大変だ」

狼《ろう》族の獣人は、嗅覚が優れていることが知られているが、実際は耳もよく、夜目も利く。

ダムダでの石化現象は、ダムダが目から発した魔力を生き物が目で感知した場合だけだと考えられている。そのため、夜目の利く獣人は遠くからでもダムダの石化を受けることがあるらしい。

また、耳がよいと、鳴き声に厄介な魔法を乗せる魔物の被害に遭ったりもするそうだ。

そういえば、特命部隊の班長が全員参加する会議で、急にルーヴァが悶絶《もんぜつ》したことがあった。

噂によると、ルーヴァの隣にいた班長がおならをしたそうで、その臭いを近距離で嗅いだからだったとか。

鼻がいいのも善し悪しだね。

「本当に……。でも、便利ではありますよ。今、罠の音がしました。四つ足ではなく二つ足です」

森の中に設置してある罠の音が聞こえるとか、さすがとしか言いようがない。しかも、動物ではなくて、わたしたちのような二本足で動く種族ってことまでわかるのだから。

「精霊様、人で間違いないですか？　数もわかると嬉しいです」

『人だよ！　みんな武器を持ってる！』

『数は二十八だった！　ちゃんと数えたの、凄いでしょ！』

『違うよ！　二十九だよ！　離れたところに一人隠れてたもん！』

わたしが精霊様にお声をかけると、辺りがいっせいに賑《にぎ》やかになった。

質問されたことに一生懸命答えようとする精霊様のお姿が可愛らしくて、ついつい頬が緩《ゆる》みそうになる。

「風の精霊様、パルハに届けてください。『敵襲あり、数は二十九、至急応援求む』と」

『わかったー！』

風の精霊様たちは楽しそうに一陣の風を起こし、瞬く間に飛んでいった。

「では、ヨーク君。わたしたちは気配を消して、敵の動きを探ろうか。ドワーフ族が敷いた防衛機能がどこまで働くか見てみたいし」

「……最後のが本当の目的ですよね？　人が石化するところを見たいだなんて、悪趣味ですよ」

そうは言っても、生き物を鉱化させる鉱物とか凄く気になるし、ダムダも使えるようであれば石化することのない土のジュド族の者に使わせるのもありだなって思ってたんだよね。

自分で検証するのは面倒臭いから、条件が揃っているここでやってしまおうってなるのも仕方ないよ。

「応援できた者たちに『敵はこちらを感知していないので、交戦が始まるまで隠密行動に徹せよ』と、伝言をお願いします」

隠密行動の方が孤立した敵を狙いやすくなるし、他の敵に自分たちが襲われていることを気づかせない狙いもある。敵の情報を集めるために、数人を捕虜として確保できるとなおいいね。

まぁ、あとはルーヴァが来れば彼が指揮を執るので、わたしは好きに動ける。

わたしとヨーク君の声が敵に届かないよう精霊様にお願いしたら、行動を開始する。

「ヨーク君、わたしたちは隙をみて捕虜を捕まえるからよろしくね」

「はいはい。拘束具は持ってきていますか？」

「凍らせるから大丈夫！」

拘束具を持ち歩いていたら、変態じゃない？

それより、手足を凍らせた方が確実だし、なんなら息止めて失神させるとすぐ大人しくなるよ？

「わかっているとは思いますが、人は脆《もろ》いですからね。いつもの感覚でやっていると壊れて使い物にならなくなりますよ」

ヨーク君の言葉にわたしは違和感を覚えた。

いつもの感覚……それは訓練のとき、または任務のときを示すのだろうが、わたしは相手を再起不能に陥《おちい》らせるような失敗はしていない。

訓練時に、人の同僚たちがどのくらい頑丈なのかを何度も試しているからね。

「ふーん。つまり、素人が混じっているってこと？」

「完全な素人ではないようですが……。なんというか、軍人にしてはいろいろと雑な音が聞こえます」

実際に動きを見ればわたしでもわかると思うけど、情報が音だけでは判断できないよ。こればかりは耳のいい獣人にしかわからない感覚だね。

「なんかいやらしいなぁ。罠という可能性もあるし、一番いいのは後方で監視している人物を捕まえられることだけど……」

ある程度腕の立つ素人を数合わせで連れてきたのだろう。しかし、あえて捕まえさせるための餌という可能性も捨てきれない。

罠でないのなら、そういった立場の者は口が軽いので尋問するのに打ってつけだ。情報量で言えば、後方に控えている指揮官らしき人物が一番持っているはず。どうしようかなぁ、悩むなぁ。

わたしは今後の動きを練りながら、ヨーク君に先導してもらい、多くの気配が集まっている場所を目視できる位置についた。

その間も状況はどんどん進んでいく。

敵は集落を囲う配置ではなく、正面の出入口と反対側の後方から集落を挟み込む陣形を取っている。

そんな中で応援が到着した。わたしの伝言を伝えたよと精霊様が教えてくれる。敵が本格的に動く前に間に合ったね。

「やつら、塀を登ります」

「精霊様、後方に隠れている人が動いたら教えてください」

『はーい！』

『見張るの早いもの勝ちね』

『あ、ずるいっ‼』

精霊様たちはいつも楽しそうにお願いを聞いてくださる。

精霊様たちのように純粋さを失わずに生きていけたら、この世界はどんなに美しく見えるのだろうかと思う。

精霊様たちがふざけ合う姿に癒やされながら、わたしの耳に何者かの声が聞こえてきた。

「いっ……」

「どうした？」

「いや、棘みたいなのが……」

　どうやら鉱化の罠に引っかかったようだ。どうやって変化するのか見たいけど、まだ出ていくわけにはいかないしなぁ。あとで実験してみるか。

『あの人、鉱化しているけどいいの？』

『追加で石化もかけちゃう？』

『それより、ダムダを投げてみるのはどう？』

　精霊様、それは大丈夫なのでしょうか？　精霊の悪戯ですむ範囲を超えているような気がするのですが……。

　でも、ダムダを投げつけるのは面白そうだな。

　塀の向こう側では鉱化による混乱が起きているみたいだね。

　出入口の方では、扉をどうにかして侵入しようとしているらしい。

『これより全班員の声も聞こえるようにする。敵の捕縛を優先するが、ドワーフに危害を加える者は容赦なく排除せよ』

　ルーヴァが各組に布陣を指示するなか、わたしとヨーク君は自由行動だと言われる。

　わたしのことをちゃんと理解してくれていて凄く気分がいい。

　出入口の方ではすでに敵が侵入しているようで、どう敵を分断するかの相談が交わされていた。

　出入口と反対側に配置された組は静かに様子を窺っているだけだったが、ついに敵が塀を乗り越えたようだ。

　慎重に、鉱化する石に触れないよう塀を越える姿は滑稽《こっけい》で笑えるね。

一人、二人と越えてくるも、失敗して鉱化する石に当たってしまった者も数名いた。

段々と鉱化し始める仲間に対し、敵は魔法で声が出ないようにした上で放置するではないか。

鉱化が始まった部分を切り落とせばまだ助かるのに。ジワジワと死が迫る恐怖を味わえだなんて、酷い仲間がいたもんだ。

「あの捨てられた奴らを確保するよ。鉱化しているところを切って、止血だけしておいて」

塀の外にあった気配がすべて内に入ると、治癒魔法が使える者がいる組が動いた。

わたしの指示通り、鉱化し始めた腕や足を切り落とし、簡単な治癒魔法をかける。

足を切った奴は動けないからいいとして、腕の奴は逃げるかもしれないので一応拘束具をつけさせた。

あとは邪魔なので、土の精霊様にお願いして落とし穴を作り、その中に捕まえた奴らを放り落とす。

他の組も敵を捕まえようと動き出した頃、なぜか敵の一人が塀のところに戻ってきた。

放置している仲間が心配になったのか、それとも集落の異常な空気に気づいて一人逃げようとしているのか。

後者だったら面倒臭いので、さっさと狩ることにする。

ちょうど転がってきたダムダを捕まえて、わたしはひとりほくそ笑んだ。そこら辺にいる数匹も一緒に敵へ向けて転がす。

ダムダに気づいて目で追ってくれればいいなぁって思ったけど、すでにダムダの存在に気づいていたのか、目を向けないようにしているのがわかった。

それなら……。

一匹残しておいたダムダをヨーク君に渡し、敵に投げつけるようお願いした。

ブンッという空気を裂く音とともに豪速で飛んでいくダムダ。

「ぐっ！」

ダムダは魔物だけど、体の表面を小石で覆っているから当たるととても痛いはず。

お腹にめり込む勢いでダムダが当たった敵は、痛みに耐えかねてか地面に膝をついた。そして……わたしが転がしたダムダの一匹と目が合う。

「ひぃぃ……」

敵は声を殺そうとしているようだが、恐怖のためか声が出てしまっている。

おそらく、眼球の表面が石化を始めていて、視界がすでに石に覆われて見えなくなっているのだろう。

瞬《まばた》きするたびに走る痛みで目を開けられないとしても、眼球がどんどん重くなっていく感覚はあるはず。

そろそろ石化の進行を止めないと脳に達してしまうかなと思いながらも、敵が苦しむ様子を眺めていた。

「だから悪趣味ですって……。頭まで進行すると、尋問ができなくなりますよ」

少しでも脳に石化が進んでしまうと、死ななくても体が動かせなくなったり、しゃべられなくなったりすることがある。

「土の精霊様、あれの石化を止めてもらってもいいですか?」

『うん、いいよー』

土の精霊様は他の属性の精霊様に比べると穏やかな性格をしているので、こちらまで和《なご》んでしまう。

蹲《うずくま》る敵の意識を刈《か》り、拘束してから落とし穴に放る。下敷きになった奴もいるけど、まぁいいか。

「じゃあ、わたしたちは外にいる奴を捕まえにいこうか」

ヨーク君を促して塀を越える。

ヨーク君は獣人ならではの身体能力で、軽々と塀を跳び越えていった。

わたしは風の精霊様に助けてもらい、ふわりと舞うように飛ぶ。

気配と音を消しながら指揮官と思しき敵の背後に回る。

「アルマ班長って、ジュビ族なのに風や土の精霊様とも仲がいいですよね?」

「うん。お願いするだけなら親和性は関係ないんだ。火の精霊様も真摯《しんし》にお願いすれば聞いてくれるよ?」

火の精霊様の少しふて腐れた表情をしながら、お願いを聞いてくれる姿がまた可愛らしい。

それに、親和性が高いと言っても、他の属性の精霊様より難しいお願いを叶えてくれる程度でしかない。

「うーん、それでもアルマ班長は他のエルフとは違う感じがします」

獣人の勘なのか、ヨーク君は鋭いところを突いてきた。

「こう見えても、複雑な生まれだからかな？」

わたしが人との混血だという噂が立っているが、本当は母親が人との混血だ。

父親はジュビ族だけど、祖父がジュビ族とジュダ族の混血なので、多少なりとも風の精霊様との親和性を持ち合わせている。土の精霊様の態度を見ると、どこかでジュド族も混ざっている可能性があるかも。

「アルマ班長、いました」

「ヨーク君、やれる？」

「はい！」

元気よく返事をするやいなや、ヨーク君は軽快に駆けだした。足場の悪い夜の森にもかかわらず、あっという間に距離を詰め襲いかかる。

しかし、敵も手練れのようで、ヨーク君の初手を躱《かわ》した。

精霊術は戦闘には使えないので、わたしはただ見守るだけだが、ちょっとした隙を作ることくらいはできる。

隠し武器である針を数本取り出し、標的からずらして放った。

ヨーク君がわたしの動きに気づいて、わざと針の飛ぶ方へ動き、敵を誘引する。

そしてほんの半瞬で体を捻《ひね》り、ギリギリで針を避けた。針はそのまま敵に当たるも、装備のせいで刺さることはなかった。

だが、敵の気が逸《そ》れた瞬間をヨーク君は見逃さない。

塀をも軽々と越える脚力から繰り出された蹴りが敵の横腹に入った。敵は面白いくらい吹き飛ばされ、森の木に激突する。

防御の文様魔法を装備に刻んでいただろうに、人の体から聞こえてはいけないような音がした。

「ヨーク君、君が脆いって言っていたのに……」

わたしに注意したくせに、自分ができていないのはどうなの？

あれ、死んでないよね？

敵を確認すると、口から血を出していたのでちょっとまずいかもしれない。

「ヨーク君、これに急いで治癒魔法をかけてきて。装備はすべて外し、拘束具は厳重にしてね」

指揮官くらいになると脱出用の魔道具を持っている可能性もあるので、下着姿で拘束するのが一番安全だ。

「了解しました」

ヨーク君が敵を担いでドワーフの集落に戻るのを、わたしは後ろからゆっくりとついていった。

「ルーヴァ、指揮官を捕まえたよ。ヨーク君が運んでいるから、あとよろしく」

さぁ、あいつらを本部に運んだら尋問だ。腕が鳴るなぁ。

閑話　その果ての先に……。　視点：捕虜

集まった顔ぶれを見て、俺は気分が昂揚した。

ファーシアでも極秘にされている集団とともに、創聖教のために働ける自分が誇らしくもあった。

「これから向かうドワーフ族の集落は、我々に協力してくれている者の邪魔になるので、一人残らず殲滅《せんめつ》せよとの命令だ」

協力者の邪魔になるということは、俺たちの目的の邪魔になるということだ。

聖主《せいしゅ》様の邪魔になるものはすべて排除するのは当然。

指揮官の指示のもと、集落の出入口から侵入する隊と反対側から塀を越えて侵入する隊とに分かれて行動を開始した。

塀を上ろうと一人が足場になり、それを利用して塀に飛び乗った者が痛みを訴えた。

その者が塀から離れたら、手がおかしいと騒ぎ始める。

何が起こったのかと、近くにいた一人がその者の装備を外して手を確認すれば、怪我をしたであろう部分から皮膚が白っぽく変色していた。

触れるとその白い部分がポロリと剥がれ落ちる。その下には金属のような何かがあり、嫌悪感が背筋を走る。

人の体がこんなふうになるのは尋常《じんじょう》ではない。

「塀の上に何があるのか確認してくれ」

別の奴が慎重に塀の上を覗けば、石を尖《とが》らせたものが並んでいると言う。

その石のせいでああなったのか確証はないが、触れない方がいいのはわかる。

なんとか石を避けながら塀を越えると、ドワーフの集落は異様に静まり返っていた。

出入口の方からも侵入しているはずなのに、音がしないのはどうしてなのか。

塀を乗り越えるときに誤って石に触れてしまった奴らを放置して、ドワーフがいるであろう土の山の中に入ろうとした。

俺の記憶はそこで途絶えている。

目を覚ましたら牢獄の中にいて、自分が何者かに捕まったことを理解した。

ドワーフどもに加担しているのがどこの組織かわからないが、俺たちは聖主様を売るようなことはしない。

どんな拷問されようとも、目的のためなら死すら受け入れられる。

「あ、起きたね」

鉄格子の向こうにはエルフの男がいた。それだけならまだいいが、獣人も横に控えている。

汚らわしい他種族めっ。

俺が睨んでいると、エルフが鍵を開けて中に入ってきた。

「今は何もしないよ。でも、君がどれだけ耐えられるか楽しみにしているね」

ただそれを告げただけでエルフは出ていく。いったい、なんのために入ってきたんだ?

訝しんでいたが、エルフが言った通り何もされずに時間が過ぎていく。

それから何回か獣人が様子を見にきて、ガンガンと鉄格子を叩いて俺を脅してきた。外側から威嚇《いかく》してきても、何も怖くはない。

一日が経った頃だろうか。俺は飢えさせるつもりなんだと思った。

捕虜だとしても、情報を吐くまでは生かしておくのが普通だ。だから、一食だけでも食事を与える場合が多いのに、それがないということはそうなのだろう。

与えられる水だけで空腹を誤魔化すも、いつまでもつか……。

しかし、牢獄に悲鳴が響くときがあった。

仲間だと思うが、いったいどんな拷問をされているのかと不安が湧き上がる。

そして二日くらい経つと、自分がほとんど眠れていないことに気づく。獣人が定期巡回する際に大きな音を出して、無理やり起こしにかかる。

それでもまったく眠れないわけじゃないのでなんとかなっているが、これ以上続くとまずいかもしれない。

寝ぼけた状態で、つい話してしまう可能性もある。

◆◆◆

三日くらいから感覚が曖昧になっており、いつの間にかエルフの男が俺の前に立っていた。

牢獄の中には、食べ物のいい匂いが充満している。体は正直で、腹の音が鳴った。

「お腹空いているよね。捕虜に食べさせるにはもったいない食事を用意してもらったよ」

それが奴の作戦なのだろう。食べ物で釣って、情報を吐かせるつもりか。

「まぁ、しゃべらなくてもいいけど。ヨーク君、これ食べる？」

「いただきます！」

狼族の獣人らしき男が、エルフにすすめられて肉に手を伸ばした。

骨がついた肉にかぶりつく姿は獣そのものだ。

「うまっ！　これ、めっちゃ美味いですよ！」

パタパタと尻尾を揺らす獣人。

肉汁をすする音も大きく聞こえた。無意識に喉が鳴る。

「君、元は冒険者かな？　メーデルのお肉は食べたことある？」

冒険者をやっていてもメーデルの肉を買えるほど稼いでいないだろうと、俺を馬鹿にしているのか？

買えるくらいは稼いでいたさ。食べたことはないけどな。

「わたしの質問に答えてくれるなら、このお肉をあげてもいいけど……」

俺は無言を通す。食べ物くらいで、俺の意思が揺らぐわけがない。

その間も獣人はメーデルの肉を食っているが、段々と怒りを感じてきた。ただ見せつけるためだけに食べるのを許されているのであって、お前もメーデルの肉を買えない側だろう。

あいつらは、ただ俺の前で肉を見せびらかしただけで帰っていった。

眠れる時間が少なく、目の前で食べ物を見せつけられ、思考が働かなくなっていくのがわかる。

「やぁ、まだまだ元気そうだね。でも、君の仲間は何人も折れたよ」

そういえば、いつからか悲鳴が聞こえなくなっていたな。

でも、俺には話すことはない。

「しょうがないなぁ。ヨーク君、あの子たちを使おうか」

エルフがそう言うと、獣人が何かを手にして俺に近づいてきた。

水の色をした何かと、濃い紫色をした何か。それが、俺の目の前にそっと置かれる。

「りゅん？　りゅーっ」

「ぴょい？　ぴょぴょぴょ」

それらには目がないのに、なぜか見られているのがわかる。

「この子たちが何でも食べてしまうことは、冒険者をやっていた君なら知っているよね？」

スライム――。冒険者にとってはありふれた魔物だが、時として厄介な魔物なのは間違いない。

冒険者を始めたばかりの頃は、何度かしてやられたこともあった。

そのスライムが、俺の体をよじ登ろうとしている。俺をスライムの餌にするつもりか！

スライムが動くたびに、服が溶ける感覚が伝わってくる。

「君の裸を見たいわけじゃないから、そのまま肉を溶かそうかな」

エルフの言葉に反応したスライムが、ピタリと動くのをやめた。

すると、水の色のスライムがいるところは肌がピリピリし始め、紫色のスライムのところは痒《かゆ》くなってきた。

両手は拘束されているのでスライムを払うこともできず、痒いところを掻《か》くこともできない。

体を揺すったりしてどうにかしようとするも、無駄な足掻《あが》きに終わる。

ピリピリした感覚が明らかな痛みになり、痒かったところもジクジクとした痛みに変わる。

「ポイニー、もっと毒を与えてあげてくれ」

スライムに名前をつけているのも驚きだったが、毒という言葉にハッと我に返った。

濃い紫のスライムが動き始める。そうだ、紫色したスライムは毒を持つことで有名だ。

紫色のスライムは先ほどより速度を上げて俺の体を這《は》いずり回る。服を溶かしきれなくても移動するので、痒みだけがどんどん広がっていく。

「くぅっ……」

「……むさい男が悶《もだ》える姿は何度見ても楽しいものではないね」

「最初は面白がっていたじゃないですか」

エルフと獣人の会話で、他の仲間も同じようにスライムの餌にされていたのだと知った。

「そりゃあね。雄としての誇りを奪われて泣き叫ぶ醜さは秀逸《しゅういつ》だったから」

何を言っているのか最初はわからなかったが、意味を理解するとあまりの恐ろしさに竦《すく》み上がる。

自然と視線が下がり、自身のものを確かめてしまった。

「君にもやってあげようか？」

俺は即座に首を横に振る。

ここを生きて出られるとは思っていないが、だからといって男であることはやめたくない。

「嫌だと言われるとやりたくなるなぁ」

「この感じだと確実にやるぞ？　お前がしゃべるなら、私が班長を抑えてやるがどうする？」

獣人に庇われたくない気持ちと、男としての根幹を守りたい気持ちがせめぎ合う。

そんな俺を見て、エルフがニヤリと嗤《わら》った。

「パニィ、君も好物を食べたいよね？」

食べさせてもらえると思ったのか、水色のスライムが体を蠢《うごめ》かせながらその場所に向かう。

「獣人の私に助けられるのは嫌か？　それなら選ばせてやる。この薬を飲めば、スライムを取ってやろう。薬が嫌なら、自分の意思でしゃべれ。班長は私がどうにかする」

獣人が言う薬は自白剤だろう。自白剤とわかっていて飲むか、獣人に縋《すが》るか。

本当は、獣人に縋り、自分でしゃべった方がいいのは理解している。今なら言ってはいけないことの判断もつく。

創聖教の教えでは、人が神とその眷属に次いで尊い存在だ。その矜持《きょうじ》を失えば、聖主様が変えた世界に俺の居場所はないかもしれない。

大丈夫。俺は聖主様に繋がる情報は何も与えられていない。ここで獣人に助けられる屈辱《くつじょく》を味わうくらいなら……。

「……薬を寄こせ」

俺がそう声にすると、獣人に顎を掴まれる。口に薬が入れられると、俺は見せつけるように嚥《えん》下《か》した。

口を開けさせられて、ちゃんと飲み込んだことを確認してから、スライムから解放される。

すでに痛みや痒みがある部分はどうしようもないが、大事な部分を守れたことで肩から力が抜けるのを感じた。

薬が効いてくると、自分が夢の中にいるような不思議な感覚に包まれる。創聖教の教会で神に祈りを捧げているときのような、穏やかな気持ちだ。

そして、神から言葉をかけられると、心が歓喜に震える。

どこに住んでいるのか、仕事は何をしているのか。神が俺に興味を持ってくれている。

聞かれるがままに答え、神に褒《ほ》められると聞かれていないことまで話したくなった。

神の子である聖主様に仕える身であること、神に与えられた使命をこなすために行っていること、すべてを告げた。

『ありがとう。君こそがわたしの子だよ』

神に認められた。俺が今までやってきたことは正しかったのだ。

12 退屈すると余計なことしか考えない。

ロスラン計画の視察もとい、ドワーフの勧誘作戦から戻った私のマイブームは、粘土遊びだ。

カイディーテにお願いしていろいろな性質を持つ石を用意してもらい、それを粉にしてから水を足し、こねこねする。

全然水を吸わないものから、スライムのようにデロデロになるものまで、地球のとは違ったものができるから面白い。

いろいろ混ぜ合わせて、好みの弾力を追い求める。こだわり始めるとキリがない奥深い世界でもあった。

宮殿の空気がピリピリしているため、室内遊びを余儀なくされている私とダオ。

室内での遊びなんて今まで散々やってきたので、ネタがなくなっていたところに閃《ひらめ》いたのが粘土だった。

絨毯《じゅうたん》に防水シートみたいなのを敷いて、ひたすらこねこね、こねこね。

そうやってダオと遊んでいたら、マーリエが突撃してきた。

「ねぇ、ネマ。それは何を作っているのかしら?」

私が今手にしているのは油粘土や紙粘土に比べると柔らかめに作った粘土だ。千切ったりするのが楽で気に入っている。

「見てわからない？」

「わからないから聞いているのよ？」

「ラース君を作っているの！」

「……そう」

マーリエが遠い目をしているのが気になるけど、どこをどう見てもラース君でしょう？

お目めはあとで綺麗な石をつける予定だけど、この縞模様は我ながら上手くできたと思う。

ちなみにダオは私に合わせて聖獣様にすると言って、凄い集中力でサチェを作っている。

「ダオは青天馬《せいてんば》ね。翼の躍動感《やくどうかん》が凄いわ！」

ダオのサチェは本当に芸術品レベルなので、マーリエがベタ褒《ぼ》めするのもわかる。しかし、なぜ私のラース君は褒めてくれないのか⁉

こんなにラース君なのに‼

粘土で作ったラース君とサチェを風の魔法で乾燥させれば、カッチンカッチンに固くなった。

この粘土は乾燥させるだけで、そこそこの強度が出るのがまたいい。焼かなくていいから、お姉ちゃんの手を煩《わずら》わせなくてすむ。

工夫して遊んでいたものの、段々と宮殿の雰囲気が悪化していき、暢気《のんき》に遊んでいるのにも申し訳なさを感じ始めた。

ダオとマーリエが遊べない日は、図書館で本を読むことに没頭している。たくさん調べたいこ

とがあるからね。

理想的な粘土を作る目的で図書館にやってきた私に、責任者である書官長さんが鉱物の標本がありますよと見せてくれたことが始まりだ。

宝石の原石からサンテートに使用される金属鉱物、針状のものやただの砂ではと勘違いするほど小さなものまで、多種多様の鉱物を見ることができた。

さらに、植物や昆虫の標本もあると案内してくれた。書官長さんのわかりやすい解説のおかげもあって、時間を忘れるほど夢中になってしまう。

植物も昆虫も動物と比べると詳しい方ではないので、新しい知識を得るのが凄く楽しい。

特に昆虫は地球と同じく種類が豊富で、環境に適した進化が顕著《けんちょ》だった。

そして私は考えた。この能力を使えば、昆虫も手懐けることができるはず。

つまり、ミツバチに似た昆虫を集めて養蜂をしてみたり、繭《まゆ》を作る昆虫をかけ合わせて新たな繊維を開発するとか。

養蜂なら、我が領地の比較的寒くない王都寄りの地域でもできると思うんだよね。

繊維の方は何か特性がないと既存のものに負けそうだから、時間とお金がかかるかもしれないなぁ。

あぁそれと、芋虫タイプの幼虫を扱うときは森鬼に近づかないよう言っておかねば！　ゴブリンたちのおやつだと誤解しちゃいそうだもん。

うっかり目に入っちゃったルノハーク……。緑から時折茶色に輝くテッカテカな金属光沢を持つ姿形は撲滅推奨種のアレである。

同じケースには近縁種が並べられており、色味は違うもののみんな金属光沢を持っている。

中には、翅《はね》が退化したのか、お腹の部分が外骨格並みにしっかりしていて、蛇腹も他のものよりはっきりしている種類もあった。ぱっと見は古代の節足動物に見えなくもないけど、よく観察するとやっぱりアレだ。爬虫類の生き餌に使われるタイプね。

ルノハークって、主に厨房に現れる厄介者なのに、なんでこんな派手な色をしているのか。外だとすぐ鳥に見つかって食べられそうなくらい色と光沢が目立つ。

はっ！　厨房は金属製の調理器具が多いから、それに紛《まぎ》れるためとか？

私は新たな発見をしてしまったかもしれない！

ルノハークの体色の考察は、私がルノハークを飼育研究しなければ確証が得られないことに気づき、即行で諦めた。誰か昆虫が好きな人を見つけたときに丸投げしよう。

書官長さんにお礼を言ってお部屋に戻る途中、慌てた様子のクレイさんと遭遇した。

「ネマッ！」

クレイさんを見て、また何かが起こったことだけは察した。

問答無用で抱き上げられ、早足で陛下の執務室がある方へと向かう。森鬼と星伍たちもついてきているのかと後ろを見れば、そこそこ距離が空いているではないか。

森鬼め、クレイさんだからと手を抜きよって！　これがクレイさんに変装した誘拐犯だったらどうするつもりだ！

森鬼たちに手招きをして、しっかりついてこいと伝える。

森鬼やスピカが側にいないと、私がパウルに怒られるんだよ？　ちゃんと自覚を持ってくださいって。理不尽だよねぇ。

陛下の執務室に入ると挨拶もそこそこにソファーに座らされた。瞬く間にお茶とお菓子が目の前にセッティングされていく。

しかし、クレイさんは落ち着きがないし、陛下からはこう、どす黒いオーラのようなものが放たれていて、空気がとにかく重い。

なんとかお茶に口をつけるも、執務室にはペンが走る音がするだけ。

早く私を呼んだ理由を聞かせてくれぇと心の中での祈りが通じたのか、ペンの音が止まった。

陛下は私の向かいのソファーに座ると、予想外のことを告げる。

「ドワーフの村がおそわれた⁉」

てっきり皇后様に何かあったのか、それか脱走した人を捕まえる算段がついたのだと思ってた。

「昨夜、三十名ほどが集団で襲ってきたそうだ。特命部隊が駐在していたため被害なくすんだが、いろいろと複雑な裏がありそうでね」

「何か話を聞き出せたの？」

その襲撃犯は生け捕りにしたんだよね？　さすがに全滅はさせていないはず……。

「少しだけなら。ただ、この時期に動いたのが気になっている。ラグヴィズの話では二巡近く前に一度襲撃されたそうだが、今回の襲撃はなぜ今だったのか」

陛下が皇后様暗殺計画に対処している間を狙ったとしたら、ドワーフ村の襲撃犯と暗殺計画を企てている集団とが繋がっていることになる。

「へいかはぐうぜんだとは思っていないってこと？」

「頃合いを見計らったのではと疑ってはいる」

まだ確証は得られていないけど、その線で調べているようだ。

しかし、このあとはどうするのだろうか？

「ドワーフたちが無事だったのはよかったけど、村をお引っこしするのは大変じゃない？」

「ロスラン計画に協力してもらうというのを装って、全員を保護しようと考えているのだが……」

陛下も決めかねているのか、言い淀んでしまう。

全員を保護するのが難しいのか、他に問題があるのか、陛下の言葉を待つ。

「現状、ドワーフが介入する必要があるのかと突っ込まれると、反論できる材料を持っていないのだよ」

私は陛下の言わんとすることが理解できず、思い切り首を傾《かし》げてしまった。

「ロスラン計画はシアナ特区とは違い、国の事業として動かしている」

ようは、公共事業の一つだね。

北へ移動してきた魔物によって我がオスフェ領が被害を被っていたように、ヘリオス領がオーグルの群れで大きな被害を受けていたから、その救済処置の一面もある。

ロスラン計画によりヘリオス領内で雇用を生み、帝都から派遣された者たちが領内で生活することで消費も生まれる。完成後は冒険者の拠点地として活性化も期待されていたりする。

「そのため、計画に参加している組合にはお金を払っているし、ヘリオス伯爵家にも減税などを始め、いろいろと融通《ゆうずう》を利かせているのだ」

うんうん。日本の公共事業と違い、こちらでは組合に依頼するだけでいい。各組合が責任をもって、その利益を個々へと還元していく。

還元方法は各組合ごとに違うらしいので、ときに問題となることがある。

例えば、組合の長がお金を着服して、仕事を請け負った人に少ししかお金を払わなかったとか、長のやり方に不満が溜まってみんなでボイコットしたとか。酷い場合は住民を巻き込んでの一揆《いっき》みたいな騒ぎになった事件も。

つまり、各組合が何かしら不満を上げれば、それに対抗できるものがないってことであってる？

「組合やヘリオス伯爵に、ドワーフにも参加してもらいたい！　って思わせればいいの？」

「簡単に言えばそうだ」

ふむ。陛下の一存で押し込んでも、新参者が何デカい顔してるんだ！　ってなるもんね。

シアナ特区の場合は、シアナ特区っていう複合施設に各組合が出店したって形に近い。なので、オーナーであるオスフェ家がどのお店を呼ぼうが自由、みたいな感じだから参考にはならないな。

じゃあ、ドワーフの特性を利用して説得できないかな？

ラグヴィズたちは、農具や調理具を作るのが得意だと言っていた。

ぶっちゃけそれだと、建築物を増やしたところで、大工仕事が得意なわけじゃないから即戦力として投入できるか微妙だよね？

「へいか、ラグヴィズも呼んで作戦会議しましょ！　ラグヴィズたちがかじ以外の才能を持っていたら、何か方法が見つかるかもしれないよ」

「……ネフェルティマ嬢の名を口実に使ってもいいのであれば、ここに呼ぶこともできるが」

「私の名前？」

「ドワーフだということを周りに知られるのはまだ避けたい。ネフェルティマ嬢が視察先で仲良くなった少年に会いたがっていると言えば、周りも怪しまないだろう。ただ、ネフェルティマ嬢の評判を下げてしまう恐れもある」

確かに、客として来ているのにわがまま言って陛下を困らせるんじゃないと、不快に感じる人も出てきそう。

私はずっと黙って控えている森鬼に視線をやる。

私自身は知らない人からの評判とか気にしないけど、オスフェ家の恥になるようであればそうも言ってられない。

森鬼は私が気にしていることがわかったのか、精霊に小さな声で何か指示を出した。

「主《あるじ》のやりたいようにやっていいと、パウルが言っている」

これくらいなら問題ないみたい。まぁ、ダオやマーリエを振り回している自覚はあるし、今さらってことなのかも。

なんか、それはそれでもやもやするけど……。

「私なら大丈夫！」

「わかった。ラグヴィズとあと一人か二人、呼ぶことにしよう」

「……あっ！　ラグヴィズたちにへいかのいもうとじゃないって、本当のことを伝えるの忘れないでね」

宮殿で皇女様とか呼ばれたら、不敬も不敬すぎる！　さすがにそんな恥はさらしたくない！

「えっ、ネマが皇女⁉」

クレイさん、そこは突っ込まなくていいから。

◆◆◆

私のわがままということにしたせいなのか、はたまたラグヴィズたちの立場が刑期中の受刑者となっているせいか、陛下と話した日から数えて四日目。ようやく三日後に来ると知らせが届いた。

その間はせっせと図書館に通い、鉱物と昆虫の本を読みまくった。

お姉ちゃんに養蜂と新しい繊維の話をしたら、いろいろと課題も多かったからね。

まず養蜂だけど、お姉ちゃんも気にしていたのが冬の寒さ。それさえ問題なければ、ディルタ領で養蜂を行っている農家から技術を教えてもらうこともできるそうだ。

それならばと、私は思いついたアイデアを書き出すことにした。

冬は巣箱の周辺をビニールハウスみたいなもので囲むのはどうだろうか？

巣箱そのものを何かで覆《おお》うと中の様子がわかりにくくなるから、食卓カバーみたいにカポッてかぶせられる簡易的なやつでいいんだけど。

いっそのこと、シアナ特区の温泉を利用する？

廃水を浄化して、再度温めてって、循環装置を作れば大きなビニールハウスもできそうだよね。

そしたら、南の作物を育てられる！　我が領地で南国フルーツが流行るようになるかもしれない‼

そのビニールハウスの側でミツバチっぽい子たちに頑張ってもらえば、受粉もできて蜂蜜も取れて一石二鳥なのでは？

新しい繊維に関しては、お姉ちゃんは賛同してくれなかった。

繭を作る昆虫でやるってことは、特性次第では国が権利を独占するミュガエの繭の価値を下げてしまうかもしれないからだ。

ミュガエの繭から発生した利益は国のために使われているので、ひいては国民にも影響が出てしまう恐れがある。

繊維の需要に食い込むのなら、安価で丈夫なものを作ればいけるかもしれないって感じだった。

安価で丈夫、さらに質がよければ庶民向けとして人気が出るのは間違いないけど、三つを兼ね備えるものを作るのは絶対に大変だと思う。

ここは養蜂だけに絞った方がよさそうだ。

お姉ちゃんと相談して、養蜂ビニールハウス計画を発案。

まずは、太陽光を通す防水シートの開発と魔法式循環装置の開発からということになった。

ここが解決できなければ、計画自体が不可能だしね。

ちなみに、開発はお姉ちゃんとオスフェ家の私設魔術研究所が行う。

「研究所の者たちも喜ぶと思うわ」

新規開発した魔道具の出来によっては我が家から褒賞金《ほうしょうきん》が出ることもある。それが狙えるから嬉しいのかな？

「ごほうびもらえるから？」

「それもあるでしょうけど、今は仕事が少ないし、大きな魔道具を作れるのが嬉しいのよ」

私設魔術研究所の所員たちは、お姉ちゃん直々のスカウト組ばかりだ。

つまり、王立魔術研究所のマッドサイエンティストたちにはおよばないものの、相当な魔法オタクばかりだろうと想像がつく。

私がいつ無理難題を言ってもいいようにと、我が家からの予算は豊富にあるし、ちょいちょい無理難題が持ち込まれるし、飽きが来ない職場なのは間違いない。

ちなみに例の光る剣も私設魔術研究所が関わっており、量産体制も整え終わったそうだ。

魔女っ子ステッキの製造販売権利も買ったらしいよ……。

13 ロスラン計画を大きくするぞ！

ようやくラグヴィズが宮殿に到着したという知らせを受けて、急いでいつもの会議室へ向かう。

「ラグヴィズ、エレルーンさん！」

エレルーンさんが来るのは予想ついていた。

この夫婦はワンセットにしていないと、いろいろ面倒臭そうだもの。特にラグヴィズが！

「よお、お姫さん」

ラグヴィズは変わらず……と言いたいところだが、明らかに顔色がよろしくない。

ドワーフの村が襲撃されたことを陛下から聞いたのだろう。自分がいないときに襲われたとなれば、ショックも大きいはず。

私が簡単に挨拶をすませて着席すると、陛下は話を続ける。私が来る前に話していた内容を教えてくれないということは、私がすでに知っていることをラグヴィズに伝えていたと思われる。

「ドワーフは誰も怪我をしていないから安心して欲しい」

特命部隊がいなければ、全員無事という奇跡は起こらなかっただろう。

陛下、もしかして予知能力を持っていたりするのか？

「それで、襲ってきた奴らの正体は？」

「まだ判明していないが、根気強く話を聞き出しているところだ」

陛下がチラリと私を見た。

私の前では言いづらい内容だったのだろう。ようは、拷問とかそこら辺の。

拷問と言えば、爪を一枚一枚剥がしたり、指を一本ずつ折ったり、道具を使うなら鞭打ち百回とか……。うぅ、想像しただけで痛い！

「血を流すようなことはしていないそうだから」

私が想像しちゃったのがバレたようで、陛下が苦笑しながら教えてくれた。

血を流さないって、メンタル攻撃のことか？

絶対に寝かせないとか、延々と脅し続けるとか。もしかして、水責めとか、怪我しない程度の魔法を使っている可能性もあるね。

何にせよ、捕まった人にはご愁傷様としか言えない。あ、吐いたら楽になるよ、があったわ。

「ラグヴィズが懸念《けねん》していた襲撃だが、私たちが接触してからすぐに起こったことを考えると、ドワーフが人と関わるのをよく思っていない存在がいるのだろう。そうすると、再び襲われる可能性もある。そこで、君たち全員を保護したいのだが、他の重臣たちを納得させられる理由が必要なのだ」

「つまり、僕たちに優秀さを示せってことか？」

「優秀さはもちろんだが、君たちは野鍛冶《のかじ》以外に何ができるのか、詳しく教えて欲しい」

「基本、炉を使う工程のものならなんでもだな」

金属はもちろん、他のものも含むそうなので、思ったより幅広い。

包丁などの研ぎから、金属製品の研磨、彫金。鍛金《たんきん》で武器だけじゃなく建物の飾りから銀食器までいろいろ作れるらしい。

鋳型《いがた》から作る鋳金《ちゅうきん》、鋳造になるともっと複雑な形にもできるんだって。なので、アクセサリーも作れちゃう。

それなら、ラース君の置物でも作ってもらおうかな？

あとは、趣味でガラス加工や焼き物をしているドワーフもいるそうだ。

「ネフェルティマ嬢、どうだ？」

ドワーフが多才なので、絞るに絞れないよ。

いっそのこと全部やっちゃう？　アクセサリーや置物ならお土産として販売できるし、ガラス加工や焼き物ならワークショップみたいに教室開いてみんなで作るのも楽しいかも。

そうすると、あの拠点じゃ狭いから拡張しないといけないけど……。

「へいか、ロスラン計画のしきちってどこまで広げられるかな？」

「これ以上の拡張となると、飛び地になってしまうだろうな」

飛び地……それだ‼

ヘリオス領の領地を横断するように飛び地を点在させて、街道を整備して高速道路のサービスエリアみたいにすればいいんだよ！

言葉で説明するとややこしくなりそうなので、紙に描きながら説明していく。

「この紙がヘリオス領だとして、ここがロスラン計画のきょ点。一日歩きで移動できるくらいの場所に、別のきょ点を作っていくの」

ロスラン計画の拠点を大きな丸で描き、一定の間隔を空けて小さな丸を描いていく。

「こっちのきょ点は宿と食堂は必ず作って、あとはそれぞれで目玉になるものを置いて特色を出せば面白いと思う」

小さな丸の横に、ラグヴィズが言った作れるものをかぶらないように記入する。ワークショップも忘れてはならない。えーっと、体験教室で通じるかな？

それだけじゃなく、私の独断で、ここは食べ物のお店がいっぱいとか、ここでしか買えないお菓子を売るとか、あったらいいなって思うものも追加する。

街に近い拠点なら、安くて美味しいものがあれば、街から買いにきてくれる人もいるだろうし。あ、屋外でバーベキューもいいな。手ぶらでできるバーベキュー場を作って、家族でちょっとした贅沢なご飯を食べるという感じとか流行ったりしないかな？

ちょっといいお肉とか、海鮮も何種類か用意して、美味しいもの食べながら家族団欒《だんらん》すれば、家庭も円満になるはず！

「各きょ点はロスラン計画にちなんで、歴代の皇帝様のお名前付けて、この道をセリューノス街道って呼ぶようにすると完ぺき！」

「ネフェルティマ嬢。在位中に私の名前を付けた道を、自分主導で作るのはさすがに恥ずかしいのだが？　偉人の名前を使うのは、後世の者がやるものだよ」

「……じゃあ、皇帝街道」

セリューノス街道、いいと思うんだけどなぁ。国民が陛下に親近感を覚えてくれるかもしれないし。

しかし、本人が嫌がるのなら致し方なく、本当に渋々、第二候補だった街道の名前を口にする。

「ぷっ……ははは……！　お姫さん、最高だよ」

ラグヴィズはお腹を抱えて笑っていて、エレルーンさんも堪えきれずに体を震わせている。

別にウケを狙ったわけではないよ？

私は本気でセリューノス街道がいいと思ったのに！　みんな酷いよ！

「話を戻すが、拠点ごとの特色を出すということは、ドワーフを分けて配置するということかい？」

「うん。ドワーフたちはどこかに巣の山を作るんだよね？　そうすると、きょ点までの移動が馬車になっちゃうけど、やっぱり危ないかな？」

知らない土地にバラバラで住むのはドワーフたちも嫌がるだろうし、帝国側は保護目的もあって住居は一つに集めておきたいよね。

となると、大人だけど見た目は少年の男性ドワーフが、変態に狙われる危険をどう回避するか。

いい案が思い浮かばないんだよなぁ。

「そうだね。身の安全の確保が難しいかもしれない」

「専用の馬車を用意するとかはどう？」

帝国軍の人員輸送車みたいな馬車で、早番や遅番のシフトを作って送迎させるの。

「送り迎えなら気にしなくても大丈夫ですよ。土魔法でどうにかできるので」

「あぁ、そうか。お姫さんたちは知らないのか」

どういうことかと二人に問うと、土魔法でなら土の道を高速で移動する方法があるのだと教えてくれた。

「巣の山を移動するときに使っている魔法なんだ。土で箱を作って、その中に運びたいものを載せる。箱に『粉砕』の文様符《もんようふ》を貼って、地面には『細砂《さいさ》流動《りゅうどう》』の魔法をかけると、砂の川ができて箱が舟のように動くんだよ」

ラグヴィズは私にもわかるように説明してくれたんだと思う。

でも、私にはどんな魔法なのか、想像したもので合っているのか、判断できないんだよね。

「ここで魔法を使ってもいいか？」

「あぁ、構わないよ」

陛下に承諾を得ると、ラグヴィズは服のポケットから握り拳大の石を取り出した。

その石といい、白にあげていた魔石といい、なんで持ち歩いているんだろう？

ラグヴィズは石を無詠唱で土に変えた。

「この土が地面とする。無詠唱で砂にすることもできるが、箱を運ぶときは範囲も広いし、継続的に発動しなければならないので、『粉砕』の文様符で砂にする」

今は文様符がないため、ラグヴィズはわざわざ詠唱してくれた。

粉砕の魔法がかけられた土は、サラサラの砂になった。

「ここまで細かくなった砂を細砂《さいさ》と呼ぶ。その細砂に限定して、動かせる魔法をかける。短縮しない詠唱は『細かき砂は流れ動く』だ。文様符から連動させることもできる」

実際に魔法をかけて、砂を自由自在に操ってみせるラグヴィズ。砂が棒状になったかと思ったら、芋虫のようにうねうねと動く。

そして、何より不思議なのが、砂が集合して固体のように見えても、この魔法がかかっている間はずっと動き続けていること。

なんか、イワシの群れが密集するベイトボールの動きに似ているな。

テーブルの上をサラサラと流れ動く砂に、エレルーンさんが小さな土の箱を乗せた。

すると、ちゃんと砂が箱を運んでいるではないか！　ちょっと生き物のようにも見えて……。

いや、待てよ。

「星伍、おいで」

私は椅子から下りて星伍を呼ぶと、小さな声であるお願いをした。

「いい、ちゃんとパウルにわたすのよ」

「ワンッ！」

星伍がしゃべれることを知らない人もいるので、何か物を託したように装い、星伍にパウルへの伝言をお願いした。

「パウルが来るまで移動手段の話は中断して、きょ点にどんな店を出すのか決めよう！」

話の腰を折ったのは申し訳ないけど、閃いた案は言葉や絵で説明できる気がしないんだよ。

伍

なので、ひとまず決められるものを決めていこう。

「お姫さんがいいなら、僕は構わない」

「では、私から質問をいいかな？」

陛下にどうぞと促すと、紙に書いた「体験教室」を指差した。

「これは何をするものだい？」

「ちょう金やガラス作りを初めての人に体験してもらうの。鉄の板に自分の名前をほるだけでもいいし、ガラス玉で首飾りとか簡単な装飾品を作ったりとか」

料理、刺繍、護身術あたりは女性受けはいいと思う。男性向けには……ビジネス関係しか思いつかないけど、子供と一緒に参加してもらって職業体験みたいにしてみるとか？

それなら、母親も一人の時間ができて女性向けの体験教室に参加しやすいし、お買い物も楽しめるんじゃないかな？

なんてことを思いつきのまましゃべっていると、陛下が押し黙ってしまった。

体験教室、ダメだった？

「何かを体験するというのはいい案だが、他の種族と関わりを絶っていたドワーフ族が人に教えるというのは難しいのではないか？」

陛下の指摘はごもっともだ。教える側のことを見落としていた。

「彫金や硝子加工はドワーフたちが慣れた頃にするべきだな。他の料理や刺繍は別の者でも可能だと思うがどうだろう？」

「へいかは教えてくれる人に心当たりがあるってこと？」

「盗犯収容所でくすぶっている者たちがたくさんいるね」

……あぁ！　この前陛下が教えてくれた、軽犯罪者の更生施設！

でも、教える側が犯罪者って、参加する側が拒絶しないかな？

「刑期を終えて普通の生活に戻ろうにも、捕まったことが知られていると雇ってくれるところはないし、どうしても貧困地区での生活に戻ってしまう。そうなると、生きるために盗みをする。その悪循環を絶つために、刑期を終えた者の受け皿にどうかなと考えたのだが」

ロスラン計画自体が国の事業なので、ライナス帝国が抱える他の問題をロスラン計画で改善できるなら取り込んだ方がいいと思う。

陛下の話では更生施設でいろいろと仕込んでいるようだし、やってみる価値はある。

「それなら、きょ点の一つを更生施設のものにしよう。食堂の料理人もお店の売り子も刑期を終えた人をやとって、更生施設で作ったものを売る。その売上の一部を今後の更生しえんの予算に上げれば、国も助かる」

日本の刑務所でも受刑者が作った家具とかを販売していたりするし、自分が作ったものが売れたとなれば、作った人の自信にも繋がるだろう。

社会復帰の一環としてなら、他からも反対の声は出にくいはず。

「ただし、事前に社会ふっきの手助けをしていますって周知させないと、きょ点近くの住民たちが不安がるし、お客さんも来なくなるかもしれないよ」

「その点は十分気をつける」

　拠点の場所選びは陛下の臣下のみなさんに任せるとして、次はドワーフたちがどうやって他の種族に慣れていくかだね。

「女性のドワーフは外に出たことがある人が多いの？」

「うん、女は大人になったらだいたいが一度は外に出ているよ。私は姉が嫁ぐときに、護衛として一緒についていったな。そのときに最後だからと、姉と一緒に人がたくさんいる町を見て回ったんだ」

　話を聞いているだけでも、仲良し兄弟が楽しそうに町を散策する姿が目に浮かぶ。

「じゃあ、人と接するのはいや？」

「……人によるとしか。親切で優しい人もいたが、やはり傲慢《ごうまん》な人も多かった」

　接客をすると、どうしてもクレームとか面倒臭いお客さんの対応もしなければならない。

　ドワーフに接客は難しいようなので、別の案を練るしかない。

「ネフェルティマ嬢、何もドワーフだけでやろうとしなくていいだろう。エルフや獣人も入れて、ドワーフが苦手な部分を補《おぎな》えばいい。そして、他の種族のやり取りを見て、人との接し方をドワーフが学ぶんだ」

　陛下曰く、人以外の種族、特に獣人は戦闘職を除いた職種ではまだ定職率が低いそうで、国が雇用促進のために政策を打ち出しているそうだ。

　国側としてもロスラン計画で雇用を増やせるなら増やしたいということなのだろう。

それならば、まずはドワーフたちが雇ったエルフや獣人たちと仲良くなる期間が必要だね。

「ちょう金とガラス加工は、作っているところを見えるようにしたらどうかな？　最初は売るだけにして、エルフやじゅう人が売り子をするの。それなら、ドワーフたちもエルフとじゅう人との付き合いからだし、仲良くなったら体験教室のお手伝いをしてもらえるでしょう？」

「作っているところを見せるか。それは面白そうだね」

食べ物なら作っているところを見せるお店がこの世界にもある。だいたいはお菓子のお店らしく、やっぱり美味しそうって購買意欲をかき立てるためのものなんだよね。

鍛冶やガラスは職人の工房に行かないと作っているところは見られないから、好奇心や興味から足を止めてくれる人も多いと思う。そして、購入に繋がるとなおよし！

「ラグヴィズはどう思う？」

私たちの会話に口を挟むことなく聞きに回っているラグヴィズに意見を求める。

私たちがああだこうだ言っても、実際にやるのは彼らだから嫌なことはさせたくない。

「作っているところは毎日見せないと駄目か？　誰かに見られている状況が苦手な奴もいるんだ」

そうだよね。監視されているみたいで嫌だって思う人は絶対にいるよね。

皇族や高位貴族は見られるのも仕事みたいなところがあるから、一欠片《ひとかけら》も考えつかなかったよ。

「毎日でなくてもいいだろう。むしろ、たまにの方が珍しがって人が集まるようになる」

希少価値を上げる作戦か！　それいい！　そういうの大好き‼

「苦手な奴が前に出ないようにしてくれればそれでいい。僕たちは作ったものを認められること自体は誇らしいから」

　こうして大まかなことが決まると、パウルがタイミングを見計らったかのように到着した。

「ネマお嬢様、お待たせいたしました」

14 陛下めっ！

パウルが到着し、一緒に戻ってきた星伍は褒めて褒めてというように私を見上げてきたので、いつものようにたくさん撫でる。

「ご希望されていたものをお持ちしました」

「ありがとう！」

物をパウルから受け取り、早速テーブルの上に広げる。うん、私が欲しかったもので間違いない。

「それは、粘土か？」

ラグヴィズの興味を引いたのか、私がそうだと肯定するとおもむろに粘土へ手を伸ばした。

「へぇ。一般的に子供の遊びに使われている粘土とは配合が違うな。面白い」

やっぱり触っただけでわかるようで、私は粘土を自分で作ることにした経緯を話す。

この世界の子供向けの粘土は油粘土よりも固くて、道具を使って切らなければ分けられないほどだ。丸めたり、形を整えたりはできるけど、正直すぐに腕がしんどくなる。

油粘土自体が存在しないので、油を足して作ろうと思ったのだが、ヴォノック親方みたいにいろいろな土を配合して自分だけの粘土を作ってみたくなって、カイディーテにお願いしてみた。

「アーレイ石の量が多いように思うが、乾燥したら固まって大変じゃないか？」

乾燥させるだけで強度を出してくれる性質を持っているのがアーレイ石だ。確かに、この石だけだと、粘土をこねている間に固まり始める。

それを防ぐのが、水分を含むとスライムみたいにデロデロになるロア石の粉末。

実はロア石の粉末の量が数ミリグラム違うだけで、粘土の感触がずいぶん変わるのだ。

「ロア石の粉末でちょうせいしているから大丈夫」

ラグヴィズにマイ粘土を返してもらい、あるものを作る。

「できたー！」

「何を作ったのか聞いてもいいかい？」

「ドワーフを運ぶ箱よ！」

私は自信満々に答える。そして、一つ一つ説明していった。

最初に私が思いついたのはトロッコだった。ロープで引っ張るタイプじゃなくて、手で漕《こ》ぐやつね。

でも、巣の山から拠点へ通うのに手漕ぎはどうかと思うし、もしかしたら魔法でも動かせるかもしれないので、いろいろ省《はぶ》いたらただの箱が棒の上に乗っかっているだけになってしまった。

「この変わった形の棒は？」

「この一本の棒の上を箱が馬車みたいに進むの」

本来のトロッコだと重いものを運ぶために線路が二本あるが、これは線路が一本のモノレール式にしてみた。レールは石ですぐ作れそうだし、一本の方が楽かなって思って。

車輪を動かす仕組みが問題だけど、そこは魔法のプロにお任せするしかない。

まぁ、ダメだったら二本線路に変更しよう。

なんちゃってトロッコもどきを説明していたら、強い視線を感じた。

気になってそちらを見ると、パウルが真顔だった。感情が顔に乗っていないのって怖いんだけど……。

笑顔で怒っているときと同じくらい真顔も怖いよ！

「ネマお嬢様、陛下への発言をお許しいただくようお願いしてもらえますか？」

目が合ったパウルは私にそうお願いしてきた。

パウルの代わりに陛下に聞くとすぐに承諾してくれて、さらには非公式の場でなら一々許可を取らなくてもいいとまで言うではないか。

パウルが認められたようでちょっと嬉しい。

「それでは僭越ながら、ネマお嬢様のこの発案、オスフェ家は権利を主張いたします」

「けんり⁉」

突然何を言い出すのかと思ったら、権利ってなんの権利を主張するの？

私は理解できなかったけど、陛下は違うようだ。

「これほどのものとなれば当然だろう。詳しい契約内容はあとで詰めるが、開発費はこちらが持つので、使用料の減額といったところか？」

「わたくしでは力不足ですので、オスフェ家より担当の者を呼びます。重ね重ね不躾ではございますが、転移魔法陣の使用許可をいただきたく存じます」

あ、なるほど。トロッコもどきも発明みたいな扱いになるのか！

だから、我が国の特殊技術法のもと、使うならお金払ってねって言えると……。

しかし、肝心の動力部分は何も考えていないんだけど、それでも主張していいのだろうか？

それに、鉄骨サンテートや継ぎ手には何も言わなかったのに。

私が疑問に思ったことをパウルに問うと、あっさりと教えてくれた。

「ネマお嬢様が組合に提供した技術は、職人しか使えないものだからです。平面図のときは、シアナ計画に大工組合を取り込む目的もありましたから権利を主張するまでにはいたりませんでした。しかし、人を運ぶものならば、使用するのはドワーフ族だけに留まらないでしょうし、今後さらなる発展が望めます」

ロスラン計画にだけ使うならモノレールがいいと思ったけど、他にも使うつもりなら線路が二本の方がいいような気がしてきた。

二本線路が地球であれだけ使われていることをふまえると、安全性とか維持とか、利点が多いからだと思うんだ。

ただ、二本線路で上り下りを作るなら場所を取るよねぇ。トロッコもどき用の道を別に作るべきか。

「ロスラン計画以外にも使うの？　それなら、もっとしっかりとしたこうぞうにした方がいいかも」

「他にも案があるのか!?」

ラグヴィズがズズッと身を乗り出してくる。今日一番の食いつき方だな。

二本線路を説明すると、ラグヴィズの目がどんどんギラギラしていく。

こっちの方が金属を多く使うし、形も複雑だから腕が鳴るとでも考えているのかもしれない。

車輪も二本線路の方がわかりやすいかもしれないが、あれはあれで技術がてんこ盛りだったような。

「車輪を動かすにはどうしたらいいのかわからないけど、使えそうな魔法があるかな?」

「土魔法では思いつかないな……エル、風魔法で何かあるか?」

「風で押すくらいしか……。風量が多ければ多いほど当たったときの力は強いけど、箱が吹き飛ぶだろうね」

風で押す、つまりは風圧か。

イメージ的にはトロッコよりも蒸気機関車の方が近いような気もしなくもない。

しかし、私の中の蒸気機関車の知識といえば、石炭を燃やして、水を熱し、水蒸気で走る、くらいなのだよ。

そういえば、蒸気機関車の車輪って棒がついていて、それも動いているような?

棒を前後させればいいのか?

粘土で再現してみても、どうもしっくりこない。

でも、ラグヴィズは何か思いついたようだ。

私から粘土を奪い取るとパーツを足して、見たことあるような形になった。

「この主軸に車輪と繋がる別の軸を連動すれば、風魔法を使ってここを動かすだけで全部が動くようになるはず」

「おぉっ！　ラグヴィズすごい‼」

たぶん、これで正解だと思う！

ラグヴィズが主軸と呼んだのは、私が車輪につけようとしていた棒のことで、それを直接車輪につけるのではなく、短い棒を間に挟むことで複数の車輪が同時に回転できるようだ。

前世で見た蒸気機関車もこんな感じだったし、動くなら違っていても問題ない！

「さすがにこの部分を動かす構造は魔道具として作らないと無理だから、国の魔術師にやってもらった方がいい」

主軸を動かすこの部分、動力の要《かなめ》であることはわかる。蒸気機関車以外で想像しようにも、近いものと言えばディーゼルエンジンや車のエンジンだとしたらマジで知らない。

乗り物で仕組みを理解しているのって、自転車くらいだということに今気づいた。

まぁ、自転車もちゃんと説明できるかどうかは怪しいところだけど。

「魔道具の開発には、オスフェ家の魔術研究所からも人を派遣いたします」

我が家の私設魔術研究所には、養蜂ビニールハウス計画もお願いしているのに大丈夫なのだろうか？

他にも、ハンレイ先生のぬいぐるみ作製や温泉施設のメンテナンスなど、放置できない仕事はあるはず。お姉ちゃんは暇だって言っていたけどね。

「秀《ひい》でている上に、他者を思いやる優しさも持ち合わせるお姫様がいるなら、この国にいるのも悪くないね」

エレルーンさんに頭を撫でられながら褒められるのは悪い気はしない。むしろ嬉しいけどさ……。

陛下、私が妹じゃないってまだ言っていないのか⁉

ギュンッと勢いよく陛下へ振り向けば、あからさまに顔を逸《そ》らされた。

でも、私のことを嬢をつけて呼んでいたよね？　私も普通に陛下って呼んでいたよ？

「エルに認められるって、お姫さん凄いな！」

ちょっと待って！

ラグヴィズの基準はすべてエレルーンさんなの⁉

エレルーンさんが私を認めたからラグヴィズも認めたって、私としては複雑なんだが。

「あのね……」

認めてくれたのが、ライナス帝国の皇族であることも含めてだったら申し訳ないので、陛下の妹じゃないと白状しようと口を開いた。

「ネフェルティマ嬢……それはあとにしよう」

えっ、なんで言わせてくれないの？　陛下……まだ前の企みが継続中ってこと⁉

陛下への警戒心を抱きつつ、その日の話し合いは終了した。

数日後、転移魔法陣を使ってオスフェ家からやってきたのは、パパンの配下の一人。

彼は、パパンが信頼する配下の中でも特に優秀な人物で、パパンの右腕が執事のオルファンだとしたら、彼は左腕に相当する。

いつもは直轄領地の管理や代主たちの相談役として、オスフェ領内をあちこち飛び回っている。

そんな彼がパパンの代理としてライナス帝国にやってきたのは驚いた。

ガシェ王国からは超ベテランの外交官が一緒に来ている。こちらも顔見知り程度ではあるが、知り合いなので心強い。

そしてやっぱり、こちら優位で話がトントン拍子でまとまった。

まぁ、陛下が譲《じょう》歩《ほ》してくれた面もあると思うけど。

そして、ロスラン計画の評議会が開かれることになったのだが、陛下が彼らにも出席するように言う。

しばらく滞在することになった二人は休むことなく精力的に働いていたので、私が宮殿で会うことはほとんどなかった。

◆　◆　◆

そして、評議会が行われる日。

宮殿で一番大きな議場には、主立った貴族、ロスラン計画の関係者が集まり、なかなか賑わっている。

その中にはラグヴィズたちの姿もあって、貴族たちが訝《いぶか》しげに見ていたが、ヴォノック親方が側にいるので心配はいらないだろう。

陛下が皇子たちを引き連れて壇上に上がると、水を打ったように静まり返った。

全員が起立し、陛下たちに対して礼を取る。

「楽にせよ。では、始めようか」

陛下が開始の宣言を出されると、官吏の人たちが全員に資料を配る。

さらに議場の中央部分には、台車で大きなものが運び込まれた。布で隠してあるので、中身はわからない。

私も今日の内容はまったく知らされていないので、あれがなんなのか気になる。

「まずは、手元に配った資料を見よ」

資料には『ロスラン計画の拡大について』とタイトルが振ってあった。

ペラペラめくっていくと、拠点の数を増やす理由や候補地、刑期を終えた人の支援目的、予定する職種などが書かれている。資料と言うより企画書だね、これ。

ロスラン計画を進めている部署の官吏が陛下に代わって説明していき、一つの項目が終わると質疑応答というスタイルで評議会は進んでいく。

ヘリオス領だけが恩恵にあやかりすぎるのではないかと意見が上がると、このサービスエリア方式が成功すれば、他の領地でも行ってよいと陛下は答えた。

「今でも、徒歩の移動距離に合わせた場所に宿場町があるはずだ。ヘリオス領に限らず、道を整え、町を栄えさせるのは領主の務めではないのか？」

サービスエリア方式は今ある町などを利用して行うことが可能なので、本当はやろうと思えば誰でもやれたはず。

「調べたところ、これと似たようなことをしている領地は複数あった。まだ改善点はあるだろうが、これを期に見直すとよい」

実際に行っている領主もいるので、ヘリオス領への不満を述べた貴族は押し黙った。

似たようなことをしていた領主たちは、熱心に企画書を読み、官吏の説明に耳を傾けているのですぐに判別がつく。

少しでも情報を持って帰って、ロスラン計画のいいところを自分の領地でも行いたいという思いなのだろう。

自分の領地をよりよくしようと頑張る姿には好感が持てるね。

そして、拠点と拠点の移動手段の話になり……。

「ネフェルティマ嬢の協力のもと、ガシェ王国のオスフェ家とともに新たな馬を必要としない乗り物を開発することになった」

陛下が合図すると、中央の謎の物体にかけられた布が外される。

デデンッと効果音が欲しくなる仰々しさで現れたのは、私が粘土で作ったトロッコもどきにそっくりなやつだった。

こちらの方が大きくて、模型だとしても私なら乗れるのではと、ワクワク感が止まらない。

……はっ！　これが完成したら、自分で運転できる車の玩具が作れるじゃん‼

すぐお姉ちゃんにお願いしないと‼

私の思考が玩具へ向かっている間、議場はざわついていたようだ。

どんなにたくさん魔道具が発明されようと、馬に代わる移動手段はなかなか誕生しなかったから、衝撃が大きかったのだろう。

「魔道具もそうだが、これを作るには複雑な部品を作る鍛冶の技術が必要となる。しかし、現状のロスラン計画で鍛冶組合には余裕がないとのこと」

陛下の言葉に強く頷く鍛冶組合の長さん。

その隣に座っているヴォノック親方が、なぜか自信満々なドヤ顔をしているのが気になる。

「よって、ドワーフ族の野鍛冶流に加わってもらうことにした」

陛下がドワーフ族のことを公表すると、今日一番大きなざわめきが起きる。

中にはドワーフ族が実在することに半信半疑な人もいるみたい。

「皆に紹介しよう。ドワーフ族野鍛冶流の長、ラグヴィズだ」

ヴォノック親方が無理やりラグヴィズを立たせた。いっせいに視線が集中し、ラグヴィズは少し顔を引きつらせながら、陛下に礼をする。

周りの貴族たちにではなく、陛下にするのは彼なりの意思表示なのだろう。

人間に対してではなく、陛下だから協力するのだと。

陛下の予想通り、いくつか反発の声も上がったが、見事に瞬殺される。

「ならば、彼ら以外にこれを作れる者を紹介してくれるのだな？　もちろん、鍛冶組合に属している者は無理だぞ」

ライナス帝国の鍛冶組合の者は、すでにロスラン計画に組み込まれているか、通常の依頼を消化するので忙しいはずだ。

では他国からと言っても、ガシェ王国からは望めないし、イクゥ国と小国家群はそれどころではない。ミルマ国なら可能かもしれないが、国益が絡むものに他国を介入させたくない気持ちも強いだろう。

つまり、しがらみのないドワーフ族が一番マシなのである。

無駄に反発するよりもここで賛成して、完成したものを領地に導入した方がいいと考えた貴族たちは、面白いくらい綺麗に手のひらを返した。

それだけ、トロッコもどきが魅力的だったのか……。

知っているかわからないけど、トロッコもどきを領地で使う場合、オスフェ家にお金を払うことになるからね？

契約するときはちゃんと契約書読んでね！

貴族たちの様子をニマニマ眺めていたら、官吏から謹聴《きんちょう》せよと声が上がる。

再び静寂《せいじゃく》となった議場に陛下の声が響いた。

「これにより、我がライナス帝国はドワーフ族の野鍛冶流と協約を結び、我が国で彼らを保護する！」

一瞬の間を置いて、議場は拍手に包まれる。
ようやくその言葉の意味を理解した私は、口を開けたまま固まった。
や、やられたーー‼
ドワーフの保護が協約に含まれているなら、シアナ特区に呼べないじゃん‼
好奇心の強い数名くらいならスカウトできると思っていたのに。
陛下め！　やっぱり最初からこれを狙っていたんだろう‼
悔しくて無意識に地団駄《じだんだ》を踏んでいたらしく、パウルにはしたないって注意された。
まさに踏んだり蹴ったりである。

番外編　ネマがいないときの魔物っ子たち。　白編

白はたまに、お留守番をする。

ネマの髪の中に隠れられるグラーティアや犬だと思われている星伍と陸星は連れていけるけど、白は隠れるには大きくて見た目もスライムのまんまなので、連れていけないと言われるときがあるからだ。

お留守番のときは稲穂と一緒に室内で遊んだりもするけれど、白だけで外に行くことも多い。

白は星伍と陸星が入れない場所にも入ることができるので、外に出たときに見聞きしたことはすべて森鬼に報告するようパウルに言いつけられていた。


お留守番を言い渡されたある日。

白は、今日は遠くまで探検に行こうと意気込んでいた。

星伍と陸星から隠し通路の話を聞いてから、その通路の先に行ってみたくて仕方なかったのだ。

その隠し通路はルイの部屋の執務室にあるらしい。

ルイの部屋までの行き方は知っているので、見つからないように廊下の隅っこを転がって移動していた。

白は人に見られていないと思っているようだが、転がるスライムの姿は宮殿で働く者たちには

有名だった。

ルイの部屋の前に着いたので、白は極薄状態で絨毯に擬態しながら執務室を探す。

侍女が近くを通るときは壁に張りついて踏まれるのを回避した。

執務室を探していると、ちょうどルイが出てきた。挨拶をしようかと思ったが、ネマに迷惑がかかるかもしれないと考えて諦めた。

そして、ルイもやり過ごして執務室に入り込むと、誰もいないことをいいことに堂々と隠し通路を探し始める。

ある程度、執務室の中をコロコロと転がってから、星伍と陸星に教えてもらったことを思い出した。

そうだ、机の下だったと。

早速、執務机の下に潜り込めば、隠し通路だと思われるほんのわずかな隙間を見つけた。

体を変化させてその隙間に入り、ついに隠し通路への侵入を果たす。

初めて見る光景に白の気分は高揚《こうよう》し、誰も見ていないけれどその場で踊ってしまう。

満足するまで踊ると、ひたすら隠し通路を進んだ。

ネマも見たこともないような回転速度で隠し通路を転がる白。スライムの移動速度がこんなに速いとは、誰も知らないかもしれない。

人が走る速度よりやや速いくらいだが、疲れ知らずのスライムは、地球時間で言う三十分程度で隠し通路の最奥に着いてしまった。

実はこの隠し通路の先は、ライナス帝国軍本部イェリード要塞。

物理攻撃が利かない白を、一撃で仕留めることができる強者ばかりが揃っている場所だ。

白は我が身に迫る危険を知らないまま、軍本部の探索を始めた。


イェリード要塞はその名に相応しい堅牢《けんろう》な石造りの建物で、侵入されたときに備えて、内部の構造も複雑になっている。

宮殿とは違い、庭園など華やかなものはほとんどなく、あったとしても鍛練を行うための地面が向き出しの広場だ。

要塞の隣にある、これまた大きな建物は、強固な結界で守られている魔法訓練場。ここは上級魔法までならいくらでも使い放題となっているが、過去に何度も魔力の制御を誤った者によって破壊されていた。

白は鍛練する軍人たちを遠目に、そそくさと要塞の内部に侵入する。

極薄状態で通路の端を進めば、なかなか気づかれることはなかった。

たまに聴覚や嗅覚の鋭い獣人が不審げに白がいる辺りを見ることはあったが、今のところなんとか回避している。

通路ばかり進んでいてもつまらないので、白はどこかの部屋に入ってみようと一番近くにあった扉の下を潜《くぐ》った。

白が入った部屋は会計部の大部屋で、ほとんどの者が机で書類仕事をしている。微かな話し声と、ペンが走る音や紙をめくる音しかないその空間は、白にとってとてもつまらないものだった。

すぐに次の部屋を探して侵入するも、どの部屋も似たような光景で白はがっかりする。

白は知らないが、白がいるこの周辺は事務職の部署が多いのだ。地下に行けば武器庫や貯蔵庫があるし、上の階層には以前ネマが見学した大きな会議場がある。さらに上の階層には各部隊の控え室や部隊長以上の管理職の執務室がある。

しかし、要塞の建物内部は軍人が報告書などの書類仕事をするための部屋ばかりなので、白の好奇心を満たしてくれるようなものはなかった。

要塞の裏手に行けば、水中訓練に使う池、障害走訓練のためたくさんの罠や障害物が設置されている雑木林など、楽しめる場所はある。

白はその外の訓練場には気づかず、いまだ要塞の中をさまよっていた。

「……スライム？」

自分が所属する控え室に向かっていたエルフがついに白を見つけた。

「みゅっ!?」

見つかるとは思っていなかった白は、驚きすぎて鳴き声を出してしまう。

最初に白を見つけたのは精霊で、精霊に教えてもらったエルフの女性は凄く頑張って極薄状態の白を見つけたのだ。

極薄状態の白はスライムだと言われても、信じられない者の方が多いだろう。

バレたのなら仕方ないと、白はいつもの状態に戻った。

「君はネフェルティマ様のスライムなの？」

主の名前に白は反応する。みゅっと鳴き声を返すと、エルフはここは危ないから私と一緒に行こうと手を差し出した。

少しだけ警戒したものの、エルフは精霊と仲良しだということを思い出し、その手に乗ることにした。

精霊宮で一緒に遊んだこともあるので、白は精霊がネマの味方だと知っている。その精霊が仲良くしているエルフなら大丈夫だと判断したのだ。

そして、白が連れていかれた先は、諜報部の影隊の部屋だった。

影隊は蛇《じゃ》族の獣人が主体となっている隊だが、エルフが補佐役として働いている。

「ネオル、何を持っているんだ？」

影隊の控え室に入ると、エルフの上司にあたる蛇族の獣人が白に気がつき、それを持つ彼女に質問をした。

白を保護したエルフはネィオルービィクという名前なのだが、エルフ以外には非常に発音しにくいので、愛称のネオルと呼ばれている。

「二の姫様が可愛がっているスライムですよ」

「あぁ、宮殿防衛部隊の奴らと仲良くしているという姫様か」

ライナス帝国軍はその組織自体が巨大だ。そのため、宮殿を守る部隊はネマのことを見知っていても、他の部隊はネマの姿すら見たこともない者が多い。

ネオルの上司は、本部視察に来たネマをたまたま見かけており、そのあと宮殿防衛部隊の同期からネマと交流があることを教えてもらった。

「たぶん、誰かにくっついてきたのでしょう。二の姫様のもとへ帰してあげたいのですが、仕事がありまして」

「誰か暇している奴に頼むか？」

宮殿に帰されそうな気配を察した白は、ネオルに体を巻きつけて離されないようにする。

「あら……」

「懐かれたな」

ネオルについていけば、面白い場所に行けるかもしれないという打算あっての白の行動は、幸い二人に気づかれることはなかった。

白が離れないこともあり、ネオルの仕事が終わってからネマのもとへ届けるようにと上司から指示される。

上司がネマの方に連絡を入れておくと言うので、ネオルは仕事へと向かうことにした。

「私が仕事している間は大人しくしていてね」

「みゅっ！」

白は元気よく返事したが、言われた通りに大人しくしていられるだろうか。

何せ、ネマと愉快な仲間たちの中でも、特にやんちゃだと定評がある白だ。誰も諫《いさ》める者がいないこの状況は、白にとってもめったにない機会。これを逃すとは思えない。

ネオルは白をくっつけたまま、本日予定されていた仕事へと向かう。

風の精霊と親和性のあるジュダ族のエルフであるネオルは、諜報部の中の影隊に所属している。

影隊は諜報部の要でもあるため、部内でも特に忙しい隊として有名だ。

『死角には影が潜んでいる』と言われるほど、蛇族の潜伏技術は高度で、毎日多くの情報を集めてくる。

集められた情報は精査され、必要とする部隊へと届けられる。

相方の潜伏の補助と得られた情報の裏付けがネオルの仕事なのだが、今日は別の部署から呼び出されていた。

ネオルの相方が持ってきた情報によって逮捕された人物の尋問が行われるので、それに立ち会って欲しいとお願いされたのだ。

相方が持ってきた情報はちゃんと報告書で提出してあるのだが、尋問する側に思い違いなどの誤りがないかを検分するために、定期的な立ち会いが必要とされている。

また、供述と報告書に相違があれば、すぐに相方へ確認が取れるからとエルフを呼び出す者もいた。

今回、ネオルの呼び出しは後者にあたる。

ネオルの同期が尋問担当だったので、遠慮なくネオルに声をかけたというわけだ。

ネオルが地下へ行くと、白は空気が変わったのを感じた。これは面白そうな場所だと、好奇心が疼《うず》くのだろう。

石壁の続く通路を奥へ奥へ進むと、立番《りつばん》が守る階段があった。この下は牢獄となっていて、帝国軍が捕まえた重犯罪者や表に出せない者たちが収容されている。

立番する同僚に挨拶をして、ネオルは牢獄へ入る許可書を呈示《ていじ》した。同僚はネオルにくっつく白を不思議そうに見ていたが、仕事の一環と捉えたのか何も言わない。

階段を下りると、幾重にも防御が施された壁と鉄格子が並び、指定された独房の前にネオルの同期ともう一人の姿があった。

「ネオル、今日はよろしく頼む」

「えぇ、こちらこそ」

同期とは気軽に、もう一人の同期の相方には丁寧に挨拶を交わす。

ネオルの同期は、彼女と同じ風のジュダ族でヴァトトゥールという名前だが、ネオルと同様の理由でトゥールと呼ばれている。

彼の相方は火のジュビ族で、アーリーという。捜査班の中で、一番言いにくい本名の持ち主として有名だったりする。

そんな三人のエルフが集まった独房には、誘拐で捕まった犯人が入れられていた。抵抗できない幼い子供ばかりを狙い、ずる賢い手口で金をせしめていた男だ。

本来は守るべき存在を悪用しようとするのだから、本当に人は度しがたいと、ネオルは男の顔を見て改めて思った。

「牢獄に入れられて、少しは反省したか？」

「何度も言っているが、俺は子供たちに仕事を紹介していただけだ」

仕事を紹介と言っているが、誘拐された子供は普通の家庭の子が多かった。

つまり、裕福とは言えないが、子供が働かねばならぬほど貧しくはない、ライナス帝国でも一般的な経済中間層だ。

「お前さぁ、そんな嘘を信じる馬鹿がいると思う？　証拠は揃っていて、黒も黒。真っ黒なんだぞ」

元々この事案は、治安部隊のものだった。子供が誘拐されて、お金が奪われたと親が駆け込み事件が発覚した。しかも、要求された金額がすぐに払えそうな額なのも質《たち》が悪い。

その後、同様の手口が何件も報告されるようになり、治安部隊が子供のいる家庭に注意喚起し、捜査を進めていた。

本当だったら、誘拐事件が起きた時点で捜査は捜査班に引き継がねばならなかったのに、功績を得ようとした治安部隊の部隊長が独断専行した結果、被害が増えたという裏事情がある。

この部隊長は、誘拐された子供は両親がお金を払って無事に戻っているので、捜査班に上げるほどではないと思ったと言い訳をしていたようだが、責任を問われて左遷《させん》となった。

捜査班に引き継がれると、精霊の力を借りたエルフたちが即座に犯人を割り出し、影隊ではその犯人の証拠集めを行っていた。

つまり、ネオルの相方がこの男の周辺に潜伏して違法行為の証拠を集めたのだ。

「俺は働きたいという子供の手助けをしただけだろっ！」

必死に訴えているが、ネオルはすべてを知っている。

相方が見たものが間違いでないかを、精霊に聞いて一つ一つ確かめたのはネオルなのだから。

「嘘ですね。影が目撃したものすべてが、精霊様のお言葉と一致していますから。貴方は精霊様にずっと見られていたんですよ」

思わず口を挟んでしまったネオル。

反省の色が欠片《かけら》も見られない男に対して、怒りでつい口を出してしまったようだ。

その怒りに反応したのか、白はネオルにくっついたまま自分の体を伸ばした。

触手のように伸びた白は男の体に触れ、いつぞやの実験のときのように麻痺《まひ》毒を注入する。

「ぐぅっ……」

男が呻《うめ》いて、地面に転がった。

「何が起きた⁉」

「……えっ、スライムが？」

遊んでいる印象の強い白だが、こう見えてもネマの護衛要員も兼ねている。なので、オスフェ家でしっかりと教育を受けていた。

『子供《ネマ》を狙う者は抹殺せよ』とデールラントに言われ、『殺せないときは、体のある部分をハクに食べさせなさい』とパウルに命じられている魔物っ子たち。

ネマはこの場にいないが、白は『子供を狙った悪い人』を命じられた通りにやってしまおうと動いたのだ。

ネオルから離れた白は鉄格子の隙間から中に入り、男に近づく。

「ちょっと……スライム！　何やっているの⁉」

ネオルは急いで鉄格子の鍵を開けさせると、白を男から引き離そうとした。

しかし、白は体を巧みにうねらせてネオルの手を避け、服を溶かす。

「……私には無理です」

ネオルは男の側を離れた。これ以上は嫌悪感の方が勝《まさ》ったのだ。

捜査班の二人がネオルと入れ替わるように男に近づくと、ネオルが無理だと言ったわけを察した。

「がぁっ……や、やめぅ……！　これを、取ってくりぇぇ」

白の麻痺毒の影響か、犯人は呂律《ろれつ》が回らない舌を必死に動かして懇願《こんがん》する。

「これは……どうしようもないと思うのはおれだけか？」

「いえ、僕もそう思います……」

本来なら男を助け出すべきなのだが、二人の頭には自業自得という言葉が浮かんでいた。

「じぇ、じぇんぶ、はくじょー……するからぁ。金ほしさに、やちゃ……」

痛みで顔を歪《ゆが》め、口からは涎《よだれ》を垂らす醜い姿になり果てた男は、一刻も早くこの苦しみから逃れるために罪を認めた。

「これは拷問だってあとで問題になりそうだな」

トゥールは、このあと課せられるであろう始末書に頭を抱える。

一方、アーリーの方は白に男から離れるよう説得を試みることにした。

「えーっと、他に美味しいものをあげるから、そいつを見逃してくれないかな？」

「みゅぅぅぅぅ」

白は不服そうに鳴く。だって、パウルの命令を守らなければ、怒られるのは白だからだ。パウルに怒られるのは怖いので、美味しいものでは割に合わないと思ったのだろう。

「じゃあ、何と交換すれば、そいつを解放する？」

「みゅー、みゅうっ！　みゅみゅみゅっ！」

魔物である白の言葉はエルフでもわからないが、代わりに精霊が訳して伝えた。

「二の姫様が喜ぶものって……。このスライム、二の姫様が飼っているのか⁉」

貴族の令嬢が、スライムとはいえ魔物を飼うなんてことは考えられない。

精霊たちはネマが愛し子だからと説明しているが、それでも普通の令嬢は魔物を見る機会すらほとんどないのだから、彼らが驚くのも当然だろう。あっさり受け入れる、ネマの周りの方がおかしいのだ。

「二の姫様って何が好きなんだ？」

トゥールが精霊に問うと、これまた普通ではない答えが返ってくる。

毛並みがもふもふした生き物。特にガシェ王国のラース様にご執心だと。

さすがに聖獣はエルフがどうこうできる存在ではないし、本人の承諾なしに生き物を贈り物として持っていくのも失礼にあたるので、再び頭を抱えることになったトゥール。

「女の子ですから、ぬいぐるみとかはどうですかね？」

アーリーが提案すると、トゥールもその手があったかと手を叩いた。

しかし、白の反応はあまりよろしくない。

ぬいぐるみなら、ネマがいつも持っているうさぎさんがあるし、大きなハンレイ先生のやつもある。

そのことを精霊が教えると、二人はまたもや頭を悩ます。

「珍しいお菓子はどうだろう？　エルフの森のお菓子なら出回っていないし、二の姫様も喜んでくれそうだけど……」

ネオルが口にした珍しいお菓子という単語に、白が食いつく。ネマもお菓子は大好きだし、珍しいものなら自分も食べてみたいと。

白はスライムなので、基本何でも美味しくいただけるが、一応味覚もあるらしい。パウルがご褒美にくれる上質なお肉も、ネマがくれる甘いお菓子も大好きだ。

魔石は魔力の属性ごとに味が違うので、あめ玉などのおやつ感覚で楽しめる。

「では、二の姫様にエルフの森のお菓子をたくさん贈るから、それから離れようね」

「みゅっみゅみゅ！　みゅっみゅみゅみゅ！」

白はもうお菓子の方に気が向いているようで、痛みで失神した男なんぞどうでもいいと言わんばかりにスッと離れた。

そしてネオルの肩に飛び乗り、上機嫌で体を左右に振る。

「みゅ～みゅ～みゅっみゅっみゅっ」

まるで歌っているようにも聞こえる白の鳴き声が牢獄に響き、エルフたち三人はようやく安心することができた。

「お菓子は後日、絶対に届けるので、今日は二の姫様のところへ帰ろうか」

「みゅぅ～」

お菓子が食べられるならいつでもいいらしく、白は帰ることを了承する。

ネオルが牢獄から出たのとほぼ同時に捜査班の治癒術師が牢獄へ入っていった。

これから急いで男の治療をし、トゥールとアーリーは引き続き男から事件のことを聞き出すのだろう。


ネオルがネマの部屋の扉を叩くと、中から出てきたのはパウルだった。

「私は、帝国軍諜報部影隊のネオルと申します。二の姫様のスライムが本部へ迷い込んでおりましたので、お連れしました」

両手で持った白を、捧げ物のように差し出すネオル。

「うちの者がご迷惑をおかけ致しました。ハク、ネオル様にお礼を」

「みっ！　みゅ～～っみゅ！」

両手に乗ったまま、白は伸び縮みしたあとぷるりと震えた。

「いえ。こちらこそ、この子のおかげで仕事が片付きました」

社交辞令としてそう言うしかほかないが、白がやらかしたおかげで時間がかからずにすんだとも言える。

「そうですか……」

疑わしそうな視線を白に向けるパウルだったが、目の前のエルフが言うなら少しは褒めてやるかと手を伸ばした。

「ハク、頑張りましたね。詳しい話はあとで聞きますが、ご褒美をあげましょう」

褒め言葉をもらった白は、すわ天変地異の前触れかとパウルをガン見する。感覚の鋭いパウルは見られていることに気づいていても、それを無視してネオルに改めてお礼を言う。

ネオルが軍本部に戻ると、しばらくしてネマと他の魔物っ子たちが帰ってきた。

白は興奮した様子で、パウルに褒められたことを自慢し始めた。

そして、ネマに何をして遊んだのかと聞かれたので、森鬼の通訳のもと、今日の出来事をすべて伝える。

森鬼は、一部だけ白の言葉を秘匿《ひとく》し、ネマが眠ったあとでパウルに報告したのだった。

翌日、ガードラの一番美味しい部位が丸ごと、褒美として白に与えられた。

魔物っ子たちから、白だけずるいと不満の声が上がったが、パウルは口直しも兼ねていると言って取り合わなかったそうだ。

軍の本部では、白が行ったことが精霊を通じて、ほとんどのエルフに知れ渡っていた。

案の定、トゥールとアーリーは始末書を書かされるはめになったものの、他の部署ではスライムの有用性が注目されている。

任務の内容によっては、拷問とも言える尋問をしなければならない部署がある。そこでは、たった一夜しかたっていないのに、スライムを使った尋問について会議が開かれていた。

そして、試験的に行ってみようと決まり、まずスライム捕獲作戦が実施された。

エルフ族が精霊を通じてスライムと意思疎通ができるので、なし崩しに調教係にさせられたエルフが、スライムに振り回される姿がそこかしこで見られるようになったとか。

本書に対するご意見、ご感想をお寄せください。

あて先

〒162-8540 東京都新宿区東五軒町3-28
双葉社　Mノベルスｆ編集部
「向日葵先生」係／「雀葵蘭先生」係
もしくは monster@futabasha.co.jp まで

Mノベルス

異《い》世《せ》界《かい》でもふもふなでなでするためにがんばってます。⑪

2021年8月11日　第1刷発行

著　者　向日葵《ひまわり》

発行者　島野浩二

発行所　株式会社双葉社

〒162-8540　東京都新宿区東五軒町3番28号

［電話］03-5261-4818（営業）　03-5261-4851（編集）

http://www.futabasha.co.jp/（双葉社の書籍・コミック・ムックが買えます）

印刷・製本所　三晃印刷株式会社

落丁、乱丁の場合は送料双葉社負担でお取替えいたします。「製作部」あてにお送りください。ただし、古書店で購入したものについてはお取り替えできません。定価はカバーに表示してあります。本書のコピー、スキャン、デジタル化等の無断複製・転載は著作権法上での例外を除き禁じられています。本書を代行業者等の第三者に依頼してスキャンやデジタル化することは、たとえ個人や家庭内での利用でも著作権法違反です。

［電話］03-5261-4822（製作部）

ISBN 978-4-575-24429-8 C0093

©Himawari 2016

Mノベルス

発行・株式会社　双葉社

Mノベルス

発行・株式会社　双葉社

Mノベルス

発行・株式会社　双葉社

Mノベルス
ぷにちゃん ILL.ひだかなみ
パーティーメンバーに婚約者の愚痴を言っていたら実は本人だった件
どのルートでも死んでしまう乙女ゲームの悪役令嬢・ロゼッタに転生した私。この世界で生き残るためには、物理的な強さが必要だ。この国の王太子が婚約者だけれど、幼少時代から冷めきった関係にある。まったくもって気遣う必要はないと、家を飛び出し、変装して冒険者となることに！楽しい冒険者生活。仲間に冷めきった関係にある婚約者の愚痴も言っていたら――その仲間が、まさかの婚約者だった――!?
発行・株式会社 双葉社